DE PARIS

ŒUVRES DE MARCEL PAGNOL

Dans cette collection :

La Gloire de mon père.
Le Château de ma mère.
Le Temps des secrets.
Le Temps des amours.
Jean de Florette.
Manon des Sources.
Marius.
Fanny.
César.
Topaze.
Angèle.
La Femme du boulanger.
La Fille du puisatier.
Regain.
Le Schpountz.
Naïs.
Merlusse.
Jofroi.
Notes sur le rire.
Confidences.
Cinématurgie de Paris.
La Petite Fille aux yeux sombres.
Judas.
Pirouettes.
Cigalon.

Les films de Marcel Pagnol sont disponibles en vidéocassettes éditées par la Compagnie Méditerranéenne de Films.

MARCEL PAGNOL
de l'Académie française

CINÉMATURGIE DE PARIS

Editions de Fallois

Photographie de la couverture :
Marcel Pagnol lors du tournage des
Lettres de mon moulin (1954).

La loi du 11 mars 1957 n'autorisant, aux termes des alinéas 2 et 3 de l'article 41, d'une part, que les *copies ou reproductions strictement réservées à l'usage privé du copiste et non destinées à une utilisation collective,* et, d'autre part, que les analyses et les courtes citations dans un but d'exemple et d'illustration, *toute représentation ou reproduction intégrale ou partielle, faite sans le consentement de l'auteur ou de ses ayants droit ou ayants cause, est illicite* (alinéa 1er de l'article 40).

Cette représentation ou reproduction, par quelque procédé que ce soit, constituerait donc une contrefaçon sanctionnée par les articles 425 et suivants du Code pénal.

© Marcel Pagnol, 1991.

ISBN : 2 - 87706 - 070 - 5
ISSN : 0989 - 3512

ÉDITIONS DE FALLOIS, 22 rue La Boétie, 75008 Paris.

CINÉMATURGIE DE PARIS

1939-1966

Ce titre, un peu prétentieux, essaie de faire penser à la célèbre Dramaturgie de Hambourg. Non point que je me croie un nouveau Lessing, mais il dit clairement ce que j'ai voulu dire, et c'est sans doute la meilleure justification d'un titre.

L'essai qui suit n'est rien d'autre que le récit de mes débuts dans l'art cinématographique, suivi par un bref historique de la naissance du film parlant, puis par une théorie du nouveau moyen d'expression tirée de mes expériences.

Je vais donc parler de moi, ce qui est bien dangereux, et, selon Pascal, haïssable, mais je prie le lecteur de noter que je ne parle qu'à titre de témoin, qu'un témoin ne peut rester anonyme, et que la justice elle-même, avant de lui donner la parole, exige qu'il décline ses nom et qualités.

1

Un soir de printemps, en 1930, je dînais solitaire dans un petit restaurant de la rue Blanche. Solitaire, mais joyeux. Je venais en effet de quitter Léon Volterra dans son bureau du Théâtre de Paris, où une troupe admirable jouait *Marius* depuis plus d'un an.

Penché sur le graphique des recettes, il m'avait dit :

– Je crois que nous ferons encore deux saisons.

Cette prédiction m'enchantait, car Léon était célèbre pour son flair. Ancien marchand de programmes à la sauvette, puis vendeur de billets à la porte des théâtres, il était devenu, par sa seule intelligence, directeur du Casino de Paris, du Théâtre de Paris, du Théâtre Marigny, et de Luna Park. Dès la quinzième représentation d'une comédie, il était capable d'en prévoir la carrière avec une précision surprenante.

J'étais donc fort satisfait de la tournure des événements, et je savourais par avance une cinq-centième, lorsque Pierre Blanchar entra et vint s'asseoir à ma table.

En dépliant sa serviette, il dit :

– J'arrive de Londres, où j'ai vu quelque chose d'admirable et d'extraordinaire : un film parlant...

Depuis plusieurs années, les techniciens du monde entier cherchaient la solution du problème. En France même, Léon Gaumont, qui fut un mécanicien de génie, avait réussi à synchroniser, au moyen d'un pendule, les images d'une bobine de film avec les paroles enregistrées sur un disque. C'était là une expérience de laboratoire. Expérience réussie, mais qui n'était qu'un point de départ.

– Tu as vu un film tout entier?
– Oui, un film d'une heure et demie. Les comédiens parlent comme toi et moi, l'illusion est parfaite, c'est hallucinant. Il faut que tu ailles voir ça. Le titre c'est *Broadway Melody*, et le film passe au Palladium à Londres.

Le lendemain, à deux heures, j'étais installé au premier rang du balcon d'un immense théâtre, et j'écoutais parler l'image de Mlle Bessie Love. Sa voix enregistrée n'était pas déplaisante; mais, quand elle sanglotait, on pensait à un petit chien aboyant dans un tonneau.

Pourtant, cette représentation fut pour moi un événement très important. J'allai revoir le film le soir même, puis encore deux fois le lendemain, et je rentrai, la tête échauffée de théorie et de projets.

J'arrivai au Théâtre de Paris vers les six heures; Léon Volterra était seul dans son bureau, assis sur le bras d'un fauteuil, et il mâchait un cigare allumé.

Je lui racontai longuement ce que j'avais ressenti à Londres, et je lui dis ma conviction profonde : le cinéma parlant, après quelques perfectionnements techniques, allait être le nouveau moyen d'expression de l'art dramatique.

Il ne me répondit pas tout de suite, parce que le feu, si imprudemment allumé à l'autre bout de son cigare, menaçait d'en manger plus que lui. Il regarda pendant quelques secondes la braise dévorante qui montait sous la cendre et dit enfin, avec beaucoup de gravité :

– Comme j'ai une grande confiance en ton jugement, je pense qu'il serait ridicule de continuer les représentations – si bêtement théâtrales – de *Marius*.

Je protestai.

– Je ne dis pas que le théâtre est ridicule, je ne dis pas qu'il va mourir. Je dis que le film parlant est un moyen d'expression nouveau, qui prendra au théâtre ses meilleurs comédiens, et peut-être ses salles; je dis que le commerce du cinéma va mettre en grand danger le commerce du théâtre, pour une foule de raisons que je te préciserai, si un jour tu as le temps et la patience de m'écouter.

Raimu entra, drapé dans un immense pardessus café au lait.

Selon son habitude, il avait consulté au passage la buraliste, et il annonça :

– Il ne reste pas une place pour ce soir, et nous sommes à la 350e!

– Eh oui, dit Léon, sur un ton mélancolique, oui, mais ça ne va pas durer.

– Et pourquoi?

Léon me montra du doigt.

– Monsieur va te l'expliquer. Il arrive de Londres. Il a vu un film parlant. Il dit que les théâtres vont fermer. Je vais acheter une lanterne magique et un phonographe. Moi, ça m'intéresse, parce que tu ne joueras la pièce qu'une fois, je ne te paierai qu'une fois, et ta photographie me fera mille ou deux mille représentations gratuites...

– Oyayaïe! dit Jules.

Je dus expliquer longuement la portée de la nouvelle invention. Léon écoutait, un sourcil plus haut que l'autre sur un regard de travers. Jules, de temps à autre, haussait les épaules, et hochait la tête en levant les yeux au ciel.

Enfin, il dit :

— Ce truc de film parlant, c'est certainement intéressant, mais ce n'est qu'une attraction. Si j'étais Léon, je l'achèterais pour Luna Park.

— C'est à voir, dit Léon pensif. C'est à voir. Ça pourrait peut-être faire une saison.

En sortant du théâtre, je rencontrai M. de Marcillac, rédacteur en chef du *Journal*, qui m'honorait de son amitié.

Il me parla fort aimablement de *Topaze*, dont nous allions fêter la 600e représentation, et me proposa d'écrire un article de tête à cette occasion.

Je me récusai, en disant qu'il me serait bien difficile de faire l'éloge de ma pièce et de célébrer mon propre succès; mais je lui offris, très chaleureusement, d'annoncer la naissance du film parlant, ce qu'il accepta sans hésiter.

Cet article parut deux jours plus tard, le 17 mai 1930, c'est-à-dire il y a trente-six ans. En voici le texte, précédé d'un « chapeau » du secrétaire de la rédaction.

LE JOURNAL
Édition de cinq heures
17 mai 1930

« Le FILM PARLANT »
offre à l'écrivain des ressources nouvelles.

Le théâtre a comblé de ses faveurs M. Marcel Pagnol, puisque ses deux dernières pièces Topaze *et* Marius *tiennent l'affiche depuis tantôt deux ans et qu'à Paris seulement elles dépassent, à elles deux, mille représentations consécutives.*

On pouvait donc croire que M. Pagnol était comme un rempart contre les attaques du cinéma envahisseur. Voici pourtant ce qu'il a bien voulu nous écrire à son retour de Londres :

« Nous entrons dans l'ère des films parlants. Il reste encore des gens pour nier l'importance de cette nouvelle forme de l'art. Mais tous ceux qui ont vu de véritables productions américaines (films parlants et en couleurs) savent bien ce qu'elle promet et nous donne déjà.

« On dit et on répète que le film parlant tuera le théâtre; c'est une question fort grave et que nous étudierons dans un prochain article. Aujourd'hui, je veux simplement démontrer qu'au point de vue artistique et non pas seulement au point de vue pittoresque, le film parlant offre à l'écrivain des ressources différentes, et, en bien des cas, merveilleusement nouvelles.

« L'auteur dramatique qui compose une pièce de théâtre ne s'adresse pas à un individu isolé : il écrit pour mille personnes (qui, d'ailleurs, ne viennent pas toujours) assises dans une salle spéciale.

« Ces mille personnes ne peuvent pas toutes s'asseoir à la même place par rapport à la scène; les unes siégeront à cinq mètres, d'autres à trente ou quarante mètres; certaines verront les acteurs d'en bas, d'autres d'en haut, les unes seront placées à droite, d'autres à gauche.

« Comparons, par exemple, le spectateur placé au premier fauteuil à droite du premier rang d'orchestre, et le monsieur assis là-haut, à gauche, au dernier fauteuil du deuxième balcon; nous pouvons affirmer qu'ils ne verrontt pas la même pièce. Et voilà le problème qui se pose à l'écrivain de théâtre. Il faudra que son sujet, son rythme, son dialogue soient valables en même temps pour mille spectateurs qui sont déjà différents par leur âge, leur éducation, leur intelligence, et dont aucun ne verra l'œuvre sous le même angle que son voisin.

« Et voilà pourquoi les auteurs paraissent parfois déclamatoires, voilà pourquoi le théâtre a l'air souvent assez élémentaire, voilà pourquoi les romanciers nous accusent souvent – et en toute bonne foi – de faire de la "psychologie rudimentaire" ou "des effets un peu gros" : c'est parce qu'ils n'ont pas l'expérience de notre métier.

« Le romancier s'adresse au lecteur isolé, il ne vise qu'une seule cible : il peut prendre une fine carabine de stand, la mettre sur un chevalet, régler sa hausse et tirer à balle, le coup est précis et la balle va loin. Mais pour nous, il nous faut choisir la canardière, et la bourrer de mille plombs de chasse, pour frapper d'un seul coup mille buts différents.

« Eh bien, le cinéma parlant a résolu ce problème : il l'a résolu entièrement et définitivement.

« Je me souviens d'avoir admiré, lorsque j'étais enfant, l'affiche d'un concours de tir. On y voyait un beau jeune homme épaulant un fusil de guerre : ce beau jeune homme visait à la fois tous les passants; et j'avais beau aller à droite, à gauche, en haut ou en bas, le beau jeune homme me visait toujours. Ce petit miracle, c'était un truc de perspective; ce truc, l'objectif le réalise toujours sur la plaque sensible, et il lui est même impossible de faire autre chose.

« Si Charlot a regardé l'objectif, sa photographie regardera bien en face tous ceux qui la verront, qu'ils soient à droite, à gauche, en haut ou en bas. S'il s'est placé à un mètre et de profil à droite, tous les spectateurs le verront à un mètre et de profil à droite, même ceux qui sont assis à trente mètres de l'écran, et même ceux qui sont à gauche.

« Et voilà le premier miracle de l'appareil de prises de vues.

« Tout spectateur verra l'image exactement comme l'objectif l'a vue, à la même distance et sous le même angle.

« Le microphone a la même vertu. Tout spectateur entendra les paroles de l'acteur comme les a entendues la fidèle boîte ronde, lorsqu'elle les enregistra; dans une salle de cinéma, il n'y a pas mille spectateurs, il n'y en a qu'un.

« Les conséquences de cette vertu sont immenses : car nous pourrons désormais faire des effets de théâtre irréalisables sur la scène.

« Tout d'abord, nous ne sommes plus limités par les dimensions de la salle. Puisque le spectateur voit et entend exactement comme l'objectif et le microphone ont vu et entendu, nous allons avancer ou reculer comme il nous plaira l'appareil de prises de vues, et, par cela même, notre spectateur verra et entendra sans fatigue pour lui.

« Nous pourrons lui montrer un visage à cinquante centimètres, comme s'il s'en approchait pour mieux voir se former et tomber une larme. Charlot nous a déjà montré sur l'écran silencieux l'incomparable puissance d'un cillement ou d'un tremblement de lèvres.

« Nous pourrons écrire une scène chuchotée, et la faire entendre à trois mille personnes, sans changer le timbre ni la valeur du chuchotement. Voilà un domaine nouveau : celui de la tragédie ou de la comédie purement psychologique, qui pourra s'exprimer – sans cris et sans gestes – avec une admirable simplicité et une mesure jusqu'ici inconnue.

« Puis, au-delà des trente ou quarante mètres du théâtre, nous montrerons au loin une bataille, une montagne, un naufrage.

« Enfin, dans une scène, nous pourrons choisir : nous ne ferons voir qu'une main avec un revolver, ou le sorbet qui glisse dans le cou de Charlie Chaplin.

« Procédé, si l'on veut; mais procédé d'une incomparable valeur artistique, qui permet d'isoler un centre comique ou dramatique.

« Voilà ce que nous apporte la merveilleuse découverte; nous sauterons la rampe, nous tournerons tout autour de la scène, nous ferons éclater tous les murs du théâtre, nous mettrons en morceaux le décor ou l'acteur.

« Pour la première fois, des auteurs dramatiques pourront réaliser des œuvres que ni Molière ni Shakespeare n'ont eu les moyens de tenter. »

Cet article n'épuisait pas la question : il était même bien sommaire; mais à cause de l'importance du *Journal*, il fit assez grande impression.

J'appris la parution de ma prose par un coup de téléphone de Steve Passeur qui me réveilla sur les huit heures. Il me dit simplement ceci :

– Je viens de lire ton papier. Si ce n'est pas une plaisanterie, c'est navrant, et si c'est une plaisanterie, elle est navrante. J'ai tenu à te le dire avant d'aller me coucher.

Cette prise de position me consterna. Je me consolai toutefois en songeant qu'il allait se coucher bien tard, et que son jugement n'était peut-être pas définitif.

Dans la matinée, je décidai de faire une visite à la Société des auteurs, pour y recueillir l'opinion de mes confrères, dont bon nombre étaient mes amis. Je me croyais le messager d'une grande nouvelle.

Pour qu'une grande nouvelle devienne une bonne nouvelle, il faut du temps. En général, et pour beaucoup de gens, une grande nouvelle est, au départ, une mauvaise nouvelle. Mais j'étais bien jeune et plein d'illusions.

Lorsque j'arrivai, souriant d'aise, à la rue Ballu, je fus surpris et navré. On m'appelait ingrat, traître et surtout « renégat ». Un auteur célèbre refusa de me serrer la main; un autre prétendit que je devais, sur-le-champ, verser aux œuvres philanthropiques du théâtre tous les droits d'auteur que j'avais reçus de *Topaze* et de *Marius*.

Je fis front avec courage, car je croyais avoir raison. Je leur dis que la nouvelle mécanique nous appartenait à nous, gens de théâtre; qu'il fallait nous organiser, ne plus vendre nos œuvres à des marchands qui avaient l'habitude de les massacrer, et qu'il nous serait facile, si nous étions fortement unis, de prendre d'assaut tous les studios du monde, qui avaient désormais besoin de nous.

Ils me regardèrent avec une pitié méprisante, haussèrent les épaules, et me laissèrent parler seul au milieu de la cour.

Je fus bien triste, mais non découragé. Puisque les gens de théâtre me repoussaient, j'irais trouver les gens de cinéma : je leur dirais la grandeur de l'art nouveau, et je savais qu'ils me feraient une place parmi eux.

Les hommes des studios me parlèrent sans violence ni mépris : bien au contraire. Ils me jetèrent en plein visage les plus aveuglantes louanges qu'un écrivain ait jamais reçues. Ils m'appelèrent nouveau Molière, ils me nommèrent l'honneur et la gloire du théâtre contemporain. Je fus charmé de cet enthousiasme, et je ne discutai pas leur opinion. Lorsque ce concert d'éloges fut terminé, l'un d'entre eux me tint le discours suivant : « Vous parlez de quitter le théâtre : mais en avez-vous le droit? Ne serait-ce pas une désertion? Une lâcheté véritable? Ne seriez-vous pas déshonoré pour toujours? Après ce que le théâtre a fait pour vous... »

Je répondis aussitôt que mon but était précisément de servir l'art dramatique et les gens de théâtre, en leur signalant l'immense valeur artistique et commerciale du nouveau moyen d'expression.

Je vis les fronts se rembrunir et un assez long silence me répondit.

Ensuite un monsieur considérable, qui avait l'air d'un magicien flottant, parce qu'il cachait entièrement le fauteuil dans lequel il était couché, prit la parole. Sa voix était grave, grasse, ronronnante.

— Pourquoi quitter tiatr? dit-il. Pour faire cinéma? Non. Vous jamais quitter tiatr. Moi j'achète la pièce di tiatr, je fais adapter avec bon adapter. Grand metteur en scène qui arrange magnifique. Je paie très cher. Et sur l'affiche et générique, je mets votre nôme, partout, partout votre nôme.

On m'expliqua que cet homme était un producteur français d'une très haute importance, et qu'on le croyait en état de comprendre tout ce que je lui dirais.

Je fis alors une véritable plaidoirie.

— Messieurs, dis-je, je ne vous demande pas d'argent. Je vous demande simplement l'autorisation de faire mon apprentissage chez vous. J'ai passé vingt-cinq ans de ma vie dans les lycées et les universités, quinze ans devant et dix ans derrière la chaire. (Il me sembla que cet aveu ne faisait pas une bonne impression, et je me hâtai d'en atténuer l'effet.) Cependant je ne prétends pas, messieurs, que j'aie appris le cinéma dans les écoles. Je prétends seulement que mon bagage littéraire et scientifique me permet d'en aborder l'étude.

— Pourquoi l'étude? Qui parle d'étude? dit le magicien stupéfait.

— J'ai l'intention de travailler pendant deux ou trois années, et de commencer par le commencement. Je veux apprendre, dans un laboratoire, les secrets du développement et du tirage; je veux étudier les appareils de prises de vues, les procédés d'enregistrement du son; je tenterai ensuite d'aborder la mise en scène; enfin, j'écrirai directement de petits films parlants, et je les réaliserai moi-même, depuis A jusqu'à Z.

J'avais parlé avec une grande conviction. Mes auditeurs s'entre-regardèrent; après un temps froid de dix secondes, leur cercle tout entier m'applaudit à grand bruit. Ils m'appelèrent Héros de la Science, Gloire de l'Intelligence, Prince de la Connaissance, Honneur de la France. Puis, dans un grand élan d'enthousiasme, les cinéastes se jetèrent sur moi, me hissèrent sur leurs épaules et me portèrent en triomphe.

Ils me portèrent d'ailleurs jusque dans la rue; là, ils me déposèrent sur le trottoir, et rentrèrent chez eux; je fus stupéfait quand j'entendis qu'ils poussaient les verrous.

L'un d'eux vint me parler le lendemain, à la terrasse d'un café, alors que je songeais, non sans amertume, à cette expulsion triomphale. Il me prodigua ses consolations, et finit par me dire :

— Que voulez-vous faire dans cette galère? Le cinéma ne sera jamais un art. Ce n'est qu'un moyen de gagner de l'argent.

— Maintenant, lui dis-je, il parle. Je crois qu'il va devenir la nouvelle forme de l'art dramatique.

— Jamais de la vie, me dit cet homme perspicace. Il parle, mais pas pour longtemps! C'est trop compliqué, trop scientifique! Le public va voir les films parlants, mais c'est pure curiosité! Dans six mois, ce sera fini, et nous reviendrons à notre film muet.

Il me montra divers articles de journaux qui semblaient penser comme lui, et il ajouta : « Vous rendez-vous compte que, si le film parlant devait durer, il nous faudrait tous changer de métier? Nos vedettes ne savent que se taire, nos opérateurs ne parlent pas tous le français, nos meilleurs films nous viennent d'Amérique, de Suède, d'Allemagne. Non, cher ami, non. Le film parlant ne peut pas réussir. Ne vous embarquez pas sur ce bateau. Son lancement vous semble magnifique, il y a des drapeaux, des fleurs et des pétards. Mais jamais plus vous ne le reverrez : il va se perdre corps et biens. »

Il m'annonçait ce naufrage sur le ton d'un homme fort désireux d'y contribuer. Je ne sus que lui répondre, et je rentrai chez moi la tête basse, les pieds en dedans, assombri par une grande inquiétude.

Je pensais : « Ils ne comprennent pas, ou ils font semblant de ne pas comprendre... Au lieu d'exposer mes idées, je ferais mieux de les appliquer. Il faut réaliser un film, après avoir étudié la technique de cet art. Personne ne peut me l'enseigner, puisque personne ne la connaît. Il faut réfléchir, et passer à l'action... »

C'est alors que la bonne fortune me fit rencontrer Robert T. Kane.

J'étais un matin, vers onze heures, dans le bureau d'Adolphe Osso, tout en haut du building de la Paramount à Paris.

Nous parlions de l'orientation nouvelle du cinéma ; j'essayais de lui faire avouer que les plus fortes recettes étaient réalisées par les films qui parlaient le mieux ; il me répondit que la fabrication et l'exploitation des films parlants exigeaient des dépenses extravagantes.

Je ne sais comment il en vint à me montrer l'état des frais hebdomadaires du Cinéma Paramount. Le total en était énorme, mais un article, en particulier, me frappa : le seul éclairage de la salle et de la façade exigeait le remplacement de cinq cents lampes par semaine. Je mis en doute l'exactitude de ce nombre, simplement parce qu'il m'étonnait. Osso fit alors apporter un très grand tableau de bois verni, sur lequel étaient piquées ou vissées une cinquantaine de lampes de types différents. Il y avait celles des « sorties de secours », celles du « lumineux », celles du vestiaire, celles du lustre, celles de la rampe, celles du tour de l'écran, qui étaient bleues, ou vertes, ou rouges, ou mauves, pour faire des « effets ». J'étais fort occupé à les examiner, lorsqu'un nouveau venu entra joyeusement.

C'était un homme de haute taille, aux épaules larges, aux hanches étroites. Il avait un visage de statue éclairé par des yeux bleu pervenche, et il riait à belles dents.

C'était Robert T. Kane lui-même, qui nous arrivait tout droit de Hollywood. Il apportait des nouvelles et des cigares. Les cigares étaient d'un brun doré, légers comme des plumes, épais comme le pouce, et un peu plus longs qu'un crayon. Les nouvelles étaient plus belles encore : Robert T. Kane venait à Paris pour y ouvrir des studios Paramount. La formidable société américaine avait décidé de faire des films français en France; pour diriger cette entreprise, elle avait choisi R.T. Kane, « parce que, nous dit-il en anglais, il savait le français ».

J'eus l'occasion, par la suite, de constater qu'il savait dire : « Bonn-djor », « Kmont talévo? » et « Êtes-vous soaf? » C'est sans doute pourquoi il ne nous parla qu'en anglais. Comme j'avais appris cette langue en l'enseignant dans plusieurs lycées et collèges, je pus soutenir la conversation. Il en parut charmé. Comme Osso m'appelait Marcel, il m'appela Marcel lui aussi et m'invita à déjeuner.

Avec la vanité puérile des écrivains, je pensai aussitôt que R.T. Kane connaissait mes pièces – car Frank Morgan avait joué *Topaze* en Amérique –, qu'il les admirerait passionnément, qu'il allait me proposer d'en faire des films, et que cette entreprise était le seul but de son voyage.

J'acceptai son invitation, mais je me promis d'être prudent : je lui refuserais la plus petite signature avant d'avoir réfléchi quarante-huit heures, et dès sa première proposition je poserais mes conditions. Elles étaient nombreuses, et chacune d'elles *sine qua non*.

Nous déjeunâmes tous les deux en garçons, dans un grand restaurant des boulevards. La chère fut exquise, les vins des meilleures années. R.T. Kane buvait avec l'intrépidité des Américains, et voulait me forcer à lui tenir tête. Je songeais : « Il veut m'enivrer pour " m'avoir " plus facilement. » Je bus fort peu.

D'autre part, il ne parlait que des studios de

Hollywood, des metteurs en scène américains, des stars, des « cameramen ». Aucune allusion à mes œuvres.

J'en conclus qu'il était très fort et qu'il cachait son jeu avec une habileté très américaine. Je résolus d'être aussi fort que lui, de me taire autant qu'il le faudrait, et de « le voir venir »... Enfin, pendant que le maître d'hôtel servait des liqueurs, il m'offrit encore un de ses cigares de milliardaire, et me dit affectueusement :

– Est-ce que vous fabriquez vos lampes vous-même ?

Je fus stupéfait.

– Bien sûr que non, lui dis-je. Pourquoi voulez-vous que je fabrique des lampes ? Quelles lampes ?

– Celles que vous fournissez au Paramount ; d'ailleurs, ajouta-t-il aimablement, elles sont d'une forme splendide. Oui, vraiment, nous n'avons pas mieux en Amérique.

Je devins rouge de dépit.

– Mon cher monsieur, lui dis-je d'un ton peu amical, si vous me prenez pour un commis voyageur, je me demande pourquoi vous m'avez invité à déjeuner !

– Parce que vous avez une bonne gueule, me dit-il, et puis parce que vous parlez l'anglais... Sérieusement, quel est votre métier ?

Deux mois plus tard, le grand Bob Kane était mon excellent ami. Il venait de construire les studios des Réservoirs, à Saint-Maurice. Ce centre de production comprenait huit plateaux, les plus vastes et les mieux équipés de France, complétés par un laboratoire dont la richesse et l'excellence n'ont jamais été dépassées.

Le plan de travail prévoyait qu'on y tournerait

jour et nuit, sauf pendant le repos du samedi soir au lundi matin.

Afin de constituer une troupe stable, Bob Kane avait engagé pour une longue durée les acteurs de cinéma les plus connus (tout au moins les plus connus d'André Daven, qui était son « casting-director », c'est-à-dire le chef de la distribution des rôles).

Comme Bob Kane les payait fort cher, et qu'il ne comprenait pas le français, il leur trouvait un énorme talent; parce qu'il faisait imprimer leurs noms en grosses lettres sur des dizaines de milliers d'affiches, il pensait qu'ils étaient célèbres : ils le devinrent en effet.

Je ne veux pas dire par là que la Paramount n'utilisa que de mauvais acteurs : il lui arriva de découvrir et de lancer des comédiens qui avaient le sens du cinéma : Marcelle Chantal, Henri Garat, Meg Lemonnier en sont la preuve. Cependant, il y avait à Paris, libres d'engagements cinématographiques, quelques artistes d'assez grande envergure : Charles Boyer, Pierre Blanchar, Raimu, Gaby Morlay, Elvire Popesco, Yvonne de Bray, Louis Jouvet... Bob Kane les ignora longtemps et ne réalisa jamais ce que ses capitaux lui auraient permis de faire : la première troupe du monde.

Lorsque j'arrivai dans cette usine, elle tournait déjà depuis deux mois, et la discipline de Hollywood y régnait.

Un concierge intelligent et instruit en gardait la porte. Nul ne pénétrait sans une carte ornée de plusieurs signatures. J'ai vu, pendant des journées entières, sous le soleil ou sous la pluie, de longues files de gens qui attendaient, mais qui n'entraient pas, malgré les inventions les plus surprenantes, les impostures les plus saugrenues : ils pouvaient prendre un air d'autorité ou sangloter à gros bouillons, il fallait une carte ou une convocation.

Sans carte contresignée, sans convocation d'aucune sorte, je fus, moi, chétif, reçu dans les studios de Saint-Maurice – non pas en qualité d'auteur, mais au titre d'ami personnel de Bob Kane. On me donna même un insigne en métal émaillé : il représentait un volcan en éruption. C'était l'emblème de la Paramount : il y avait dans la cour des studios une image de ce volcan, composée avec de petites pierres de couleurs différentes, et cette mosaïque en relief, protégée par une grille circulaire, comme les monuments aux morts, était l'objet d'une vénération particulière.

Tous les employés de la maison, et surtout les Américains, se taisaient en passant devant cette œuvre d'art ; c'était, en quelque sorte, le totem de la tribu.

J'eus ma chaise dans la salle à manger du « staff », c'est-à-dire de l'état-major. C'était une petite salle étroite et longue, mais fort bien éclairée par un vitrage qui remplaçait un mur sur toute sa longueur.

On m'avait donné la meilleure place, à côté du patron, qui était le premier contre le mur du fond. Bob mangeait un pain spécial : j'avais l'honneur et le plaisir d'en recevoir chaque jour la moitié, sous les regards jaloux des autres.

Cette salle à manger était sacrée. Il y avait là Steve Fitzgibbons, Dick Blumenthal, André Daven, Saint-Granier, Alfred Savoir, Mercanton, et un certain nombre d'invités de marque, qui se renouvelaient tous les jours : stars de Hollywood de passage à Paris, directeurs ou présidents des « Major Companies », grands écrivains étrangers ou français, ou metteurs en scène célèbres. Mais ces invitations ne s'adressaient jamais aux comédiens ni aux techniciens de la maison.

Je commis un jour, en toute innocence, un crime.

Je rencontrai dans la cour des studios un ami d'enfance, qui était deuxième assistant à la prise de vues. Il voulait me parler d'une affaire personnelle. Il était quatre heures de l'après-midi, la salle à manger était vide. Nous allâmes y boire un verre de bière, pour y discuter à notre aise : nous y demeurâmes vingt minutes.

Le lendemain, je vis Bob Kane dans son bureau : il m'avait fait appeler par un planton. Bob était grave et triste. Ses beaux yeux bleus étaient voilés. Il referma la porte derrière moi, se tut pendant une minute et dit enfin lentement : « Hier, tu as bu dans notre salle à manger avec un deuxième assistant. »

J'en convins. Il ne me dit rien d'autre, mais il me regarda longuement. Il y avait dans ce regard une véritable douleur. Ainsi un archevêque désolé regarderait le mauvais prêtre qui a invité le bedeau à boire un coup dans son calice.

Ce fut mon premier contact véritable avec l'esprit de Saint-Maurice. Cet esprit, qui devait se révéler à moi par une assez longue expérience, peut être défini par le « credo » suivant :

1. Au commencement était Hollywood, qui est La Mecque du cinéma.

2. Il y a ensuite la Société Paramount, qui fait les plus beaux films du monde, et dont le totem est un volcan.

3. Il y a ensuite les *executives*, c'est-à-dire l'état-major des studios, ou, plus prosaïquement, les chefs de service; ils entrent par une porte spéciale, ils ont

une salle à manger spéciale, et, pour la mise en train d'un film, ils tiennent des conférences sacrées.

4. Il y a ensuite le concierge des studios. C'est un puissant chef; chaque jour, il ouvre la porte à deux cents personnes et la ferme au nez de trois mille.

5. Il y a ensuite le chef de publicité, chargé de propager le nom de la Compagnie et la grandeur de ses œuvres. Il sait téléphoner sur trois lignes à la fois, tout en mâchant des cigares; il ne craint pas le ridicule, et ne parle que par slogans. Son salaire est à peine supérieur à celui du président de la République.

6. Il y a ensuite Western Electric, infiniment mystérieux et respectable, qui est le propriétaire de la machine à écrire les sons et nous prête un sorcier qui sait la faire écrire et parler.

7. Il y a l'opérateur de prises de vues, qui sait régler des éclairages, et qui donne à peine trente ans aux vieillardes les plus tragiquement fripées.

8. Il y a le chef des laboratoires, qui fixera sur la pellicule le son et l'image, qui fera les surimpressions et repêchera, par la Trucka, les gros plans oubliés.

9. Il y a le monteur qui coupera les bafouillages ou les grimaces du célèbre comédien et qui activera le rythme (on dit le *tempo*). De plus, le monteur fera de très jolis « raccords » et s'il n'y a pas de raccord, il ira à la cinémathèque chercher un plan qui représente un oiseau dans une cage, ou une fleur fanée, ou une fleur épanouie, ou un petit chat qui joue avec une pelote de laine. Cela dépend de la nature du film, et il y faut beaucoup de doigté. Bob Kane me disait souvent : *The whole picture is in the cutting*, c'est-à-dire : « Le montage, c'est tout le film. »

10. Il y a le chef des costumes, qui règne sur un grand nombre de cuirasses, de robes du soir, d'habits

à la française, de slips, de péplums, de justaucorps, de redingotes, de blouses, de vareuses, d'uniformes de pompiers ou d'ambassadeurs. Ce chef était mon ami. Il s'occupa si bien des costumes qu'il fut nommé chef de la musique enregistrée, avec des appointements supérieurs.

11. Il y a le chef de la musique, qui garde dans cinq cents casiers quatre-vingts valses, trente blues, douze incendies, cinq inondations, huit émeutes, vingt-trois agonies, cinq fêtes nationales, deux baptêmes, seize mariages, vingt messes funèbres, etc. Il tient ses marchandises à la disposition des metteurs en scène et monteurs de la maison, qui parfois lui demandent un conseil.

12. Il y a le metteur en scène, qui est d'autant plus respecté qu'il vient de plus loin, comme les menteurs. D'ailleurs, en général, il est menteur lui-même.

13. Il y a le *scenario department*, ce qui signifie très exactement « le rayon des scénarios ». C'est un bureau dans lequel plusieurs personnes, qui n'ont jamais réussi à écrire un roman ni une pièce de théâtre, dépècent et recuisent les œuvres des autres.

14. Après le *scenario department*, il y a les vedettes. La vedette est un produit fabriqué par la Maison, selon les méthodes de la Maison, avec l'argent de la Maison. Elle doit *tout* au chef de publicité de la Maison, qui l'a créée par fulguration, comme le dieu de Leibniz créait ses monades. Elle a été perfectionnée et mise au point par le génie d'un metteur en scène de la Maison.

Le salaire d'une vedette doit être énorme, non point parce qu'elle le mérite, mais pour la gloire de la Maison; de plus il est certain que le public payera dix millions de dollars pour voir la tête d'une personne qui gagne cinq cent mille dollars par film. Il faut donc les lui donner, parce que c'est une opération bénéficiaire. Certes, la vedette finit par croire que son succès et sa fortune sont dus à son seul talent, car ce genre de créatures est en général d'une grande naïveté. On peut tolérer certains écarts, qui profitent au chef de publicité. Mais, si la vedette devient insupportable, une simple note de service suffit à la rejeter dans le néant d'où le dieu Paramount l'avait tirée.

15. Immédiatement après la vedette, c'est-à-dire au tout dernier rang, voici l'auteur. Il faut un auteur, parce qu'il faut une histoire.

La meilleure histoire, c'est la plus simple et la plus vieille, mais elle doit porter un titre nouveau, un titre rendu célèbre par le succès d'un roman ou d'une pièce de théâtre. L'auteur est donc un écrivain à qui on n'achète qu'un titre.

On lui donne de l'argent, on lui fait signer un contrat, on lui offre un apéritif d'honneur. Il boit à la prospérité de la Compagnie, à la réussite du film, à l'avenir du cinéma. Il sourit, il serre des mains, il est heureux.

Regardez-le bien aujourd'hui, parce que jamais plus vous ne lui reverrez cet air-là.

D'ailleurs, puisqu'il a signé le contrat, nous n'avons plus besoin de lui. Il représente un danger pour le film, dont il voudra peut-être s'occuper. Il vaut mieux lui laisser ignorer que des scénaristes « expérimentés » vont refaire son histoire et qu'ils changeront le sexe du personnage principal; on lui cachera donc la date à laquelle commencera la « mise en film » de son œuvre, je veux dire son exécution.

Nous serons cependant forcés de le revoir, le soir de la première.

Il paraît blême et furieux. Il a refusé de serrer la main du metteur en scène, qui est douloureusement stupéfait; il est allé avec une certaine amertume remercier le chef de la publicité, qui, par une attention délicate, n'a pas mis le nom de l'auteur sur l'affiche, ni sur le programme.

Enfin, vous le verrez à la terrasse d'un café, entouré d'amis consternés (parce qu'ils ne comprennent rien au cinéma).

Ses amis se demandent comment, d'une si bonne pièce, on a pu faire un si mauvais film.

L'auteur, lui, ne se demande rien. Il lit avec surprise un programme, qui contient le résumé de son œuvre.

Cette attitude hostile est commune à tous les auteurs, l'expérience l'a prouvé. Il ne faut donc pas s'en froisser, et ne répondre que par un sourire aux mots grossiers qu'il prononce habituellement.

En ce qui concerne le choix des auteurs, l'expérience nous enseigne encore une autre loi : puisqu'un auteur est indispensable, il vaut mieux, d'une façon générale, choisir un bon auteur connu plutôt qu'un mauvais auteur inconnu.

Ceci termine les tables de la loi.

Lorsque j'eus l'occasion de donner à Bob Kane mon opinion sur ce classement des valeurs, je lui déclarai qu'il me semblait parfait, à condition de le lire de bas en haut. Il me répondit joyeusement : « Au paradis, peut-être, les premiers seront les derniers. Mais ici, nous sommes sur terre. »

Cependant les studios tournaient sans cesse, à un rythme vertigineux.

A chaque instant, un cortège de taxis stoppait devant le portail; il amenait, des gares les plus diverses, des troupes entières de comédiens étrangers.

J'ai vu arriver une compagnie tchèque, pilotée par un Norvégien. Le concierge – un pur Parigot – la dirigea aussitôt sur un metteur en scène hongrois qui l'attendait au bar, en buvant du gin. Cependant, Albino, le maquilleur italien, avait déjà un pot de crème au bout des doigts, pendant que son aide – un Espagnol qui avait l'air d'un torero – aiguisait sur un long ruban de cuir un rasoir suédois pour ces messieurs tchèques : ils venaient tourner une pièce autrichienne, dont la version américaine avait eu beaucoup de succès en Angleterre. Le lecteur va croire que j'invente ces détails : j'en garantis la rigoureuse exactitude. C'était déconcertant, admirable, saugrenu.

J'ai passé aux studios des Réservoirs bien des jours et des nuits, au milieu de cette fantasmagorie. Comme je n'avais aucune fonction, je me promenais partout, je regardais et j'écoutais; tous ceux qui ne me connaissaient pas me prenaient pour un inspecteur de la sûreté, ou tout au moins pour le policier privé de Robert T. Kane : je m'amusais comme un enfant, et j'essayais d'apprendre ce métier.

Le premier qui m'offrit son aide, ce fut Garry Schwartz, le directeur des laboratoires. C'est au bar que je l'avais connu, car il buvait souvent, vite et longtemps.

Il prétendait que le whisky chassait le goût de l'hyposulfite, mais que seul le gin était capable d'effacer l'odeur de l'hydroquinone.

Aussi, quand il sortait des salles où l'on développait le positif, il se rinçait longuement la bouche au whisky, mais on lui servait deux grands verres de gin, côte à côte sur le comptoir, lorsqu'on le voyait traverser la cour, une main en auvent sur ses yeux :

car il sortait des salles obscures du négatif, les pupilles dilatées en taches d'encre.

J'ai passé bien des heures avec Garry, qui adorait son métier, et qui l'exerçait avec une passion et une patience infinies.

Il m'avait dit : « Tous les secrets du cinéma sont dans les laboratoires. » J'avais feint d'accepter cette affirmation assez audacieuse, et j'étais ainsi devenu son disciple favori.

Chaque fois qu'il me trouvait au bar, il m'emmenait, à travers la cour ensoleillée, vers son royaume...

Quand nous avions franchi la double porte, nous entrions dans le domaine du négatif et de la nuit.

Dans l'ombre épaisse, au-dessus de nos têtes, brillaient de très petites étoiles vertes. Cette lumière est la moins actinique, c'est pourquoi les salles de négatif, où l'on développe la pellicule la plus sensible, sont éclairées par de minuscules lampes vertes.

Ce mot « éclairées » est d'ailleurs impropre, car ces lampes n'éclairent rien, qu'elles-mêmes. Ainsi le phare n'illumine pas le paysage, il ne fait point jaillir de l'ombre la vague ou le récif, mais sa lumière le montre lui-même, et le capitaine du navire, par cette flamme qui ne frappe que son œil, connaît sa position et choisit sa course.

Sous les vertes lucioles, Garry naviguait sans hésitation à travers la nuit étroite et vaporeuse. Il me tenait par la main, et me conduisait à pas lents, comme un enfant sage du dimanche.

Il y avait l'odeur âcre des révélateurs, le ronronnement des hautes développeuses, la grande main poilue de Garry qui tirait la mienne, et des ombres devinées qui avaient des voix de femmes : elles disaient des phrases mystérieuses : « Monsieur

Garry, la troisième est sortie », « Le docteur ne veut pas sécher », ou « Singapour est dans l'armoire »...

Il répondait par des grognements d'approbation, et m'entraînait, laissant sur place ces odeurs de femmes.

Nous franchissions une autre double porte à tambour, et j'étais subitement ébloui par les lampes rouges qui éclairaient les salles du positif.

Devant une rangée de tireuses crépitantes, il y avait une longue file de femmes muettes, les bras croisés. Chacune surveillait deux machines, ou plutôt deux petites fenêtres brillantes au fond desquelles passaient de minuscules bonshommes qui gesticulaient, la tête en bas...

Il y avait encore les salles de montage : c'est là que Garry – honneur suprême – m'apprit lui-même à faire ma première collure, qui fut d'ailleurs très réussie. Nous allions ensuite aux salles de projection, où des gens abrutis d'images et de paroles regardaient et entendaient vingt fois de suite le même film, afin de vérifier la qualité des copies.

Après quoi, c'était l'heure de l'apéritif, sur le plancher qui couvrait le bassin, à l'ombre de beaux arbres parisiens, puis le joyeux déjeuner dans notre petite salle à manger.

L'après-midi, j'errais à travers les plateaux; je voyais construire de vastes décors, et je parlais avec les peintres, les accessoiristes, les décorateurs. Je regardais tourner des scènes, je bavardais avec les cameramen, les ingénieurs du son, les metteurs en scène. Je posais des questions, j'essayais de comprendre. Ainsi, pendant de longues journées, prenant des notes comme un écolier, j'ai appris les rudiments de l'art et de l'industrie cinématographiques.

S'il m'a été possible, plus tard, de réaliser des films, tout en dirigeant un laboratoire, des studios et des agences de distribution, c'est à l'amitié de Robert T. Kane que je le dois : j'aurais bien voulu qu'il trouvât ici ma reconnaissance que je lui ai souvent témoignée, mais il ne lira pas ces pages de son ami. Il est parti depuis pour un autre royaume. A cause de sa gentillesse, de sa droiture et de son beau sourire, le grand saint Pierre lui a certainement ouvert les portes dorées du paradis. Il est bien dommage que cet homme si bon, et qui m'enseigna tant de choses, n'ait pas trahi l'esprit de Hollywood, qu'il était venu représenter en France.

Certes, il était capable de juger un scénario, mais il attachait plus d'importance aux moyens de réalisation qu'à l'œuvre elle-même, et il pensait que les recettes sont toujours proportionnelles au prix de revient, multiplié par le budget de publicité. C'est pourquoi l'énorme usine réalisa un grand nombre de bandes d'une désolante médiocrité.

Au début, ces films eurent du succès, parce qu'ils parlaient.

Mais ce miracle, avec le temps, n'étonna plus personne. Six mois plus tard, il ne fut plus suffisant de parler, il fallut avoir quelque chose à dire. C'est alors que la production reçut une série de rapports inquiétants. Ils venaient de l'exploitation, c'est-à-dire des directeurs de salles, qui voient et qui écoutent chaque soir le vrai public.

Les recettes baissaient, et parfois, le public se fâchait. Un film qui s'appelait, je crois, *La Nuit à l'hôtel*, fut accueilli par des hurlements et des sifflets. Le directeur du Paramount – l'admirable Paramount des Boulevards – eut même l'occasion de s'entretenir d'assez près avec une centaine de spectateurs, qui, à titre de dommages et intérêts, voulaient emporter chez eux leurs fauteuils. Comme ils commençaient à les dévisser, il fallut appeler Police secours. Le récit de cet épisode dramatique fit comprendre au « staff » de la production qu'il fallait changer d'esthétique afin de sauver les fauteuils. C'est pourquoi un beau soir, Bob Kane, qui m'avait considéré jusque-là comme un enfant gâté, me fit appeler pour une conférence sérieuse.

Il me reçut fraternellement, dans la très belle salle de bains qui complétait son bureau. Il était petitement vêtu d'un slip noir, et il appuyait son ventre contre une énorme courroie de cuir, qui tressautait et tremblotait au rythme d'une poulie excentrée, montée sur l'arbre d'un moteur électrique d'au moins trois chevaux. Il offrait chaque soir ses muscles abdominaux à ce massage frénétique, afin de faire tomber par avance le ventre qu'il pourrait avoir un jour. Il était d'ailleurs aussi grand, aussi large d'épaules, aussi mince que le Discobole. Mais il craignait l'obésité, parce qu'il avait lu les pages de publicité des magazines américains.

Il me dit très exactement ceci :

— Les Français sont un peuple étrange. Ils sifflent les bons films que je fais pour eux. Je vais donc t'acheter les droits de *Marius*, je te donnerai l'argent que tu voudras et nous allons faire un grand film. Parce que tu es mon ami, parce que je veux un succès mondial, je ferai tous les sacrifices nécessaires.

Il était rayonnant d'amitié.

— Tout d'abord, je fais venir d'Amérique un metteur en scène, l'un des plus célèbres du monde : Alexandre Korda.

Je fus charmé, mais un peu inquiet.

— Parle-t-il le français?

— Mieux que moi, dit-il avec un grand sérieux. Il est hongrois. Il a fait *Hélène de Troie*, l'un des plus beaux succès du film muet.

— Tant mieux, dis-je. Et je te remercie d'avoir voulu mettre au service de mon œuvre l'une des lumières de Hollywood. Mais crois-tu que ce Hongrois soit spécialement désigné pour réaliser un film marseillais?

— Je t'assure, dit Bob avec force, qu'il est le plus qualifié du monde. Tu peux me croire sur parole.

Je n'étais pas absolument convaincu et je dis lâchement :

— Peut-être, mais que dira Raimu?

Raimu venait de révéler au public de Paris l'extraordinaire puissance de son génie. Il avait joué dans *Marius* un rôle qui n'était, en fin de compte, qu'un rôle de second plan, mais qui avait dominé la pièce par la seule présence du comédien.

La critique disait de lui que c'était « une force de la nature », tant la simplicité de son jeu était parfaite. En réalité, c'était une force de l'art.

Il n'avait pas le temps de comprendre, parce qu'il devinait tout. Chaque fois qu'il a joué un rôle de son emploi, il a prouvé, sans aucun effort, qu'il était le plus habile, le plus grand, le plus noble acteur du monde.

Aujourd'hui, c'est-à-dire vingt ans après sa mort, sa gloire est plus grande qu'elle ne fut jamais. Mais à cette époque, les vedettes de théâtre n'étaient pas très connues hors de Paris, et Bob Kane n'avait jamais entendu son nom.

Il me demanda :

— Qu'est-ce que c'est Raimiou?

Je fus, une fois de plus, navré. Bob n'avait pas vu la pièce que l'on jouait pourtant depuis deux années au Théâtre de Paris. Je fus donc forcé de lui décrire longuement le plus célèbre de mes interprètes. Après son talent, je peignis son caractère, et je déclarai tout net que jamais Raimu n'accepterait les conceptions artistiques d'un Hongrois pour la réalisation d'une œuvre marseillaise.

Bob Kane sourit gentiment et dit :
— La question ne peut pas se poser puisque ce n'est pas lui qui jouera le rôle.

Il me fit alors un discours surprenant. Il m'expliqua que les artistes de théâtre ne pouvaient en aucun cas devenir des vedettes de cinéma : que Raimu, Orane Demazis, Fresnay, Charpin, étaient inconnus de son public; que, par amitié pour moi, il me permettait de choisir dans la troupe Paramount n'importe quelle vedette; il m'offrit Jean Murat, Marcelle Chantal, Meg Lemonnier, Henri Garat et quelques autres étoiles. Enfin, et par une exception grandiose, et qui montrerait au monde quelle estime il avait pour moi, il m'annonça que je serais autorisé à assister aux prises de vues.

Je lui répondis fort clairement :
— Mon cher Bob, si tu désires tourner *Marius*, j'exige que le film soit réalisé sous ma direction personnelle par les comédiens admirables qui ont grandement aidé au succès de la pièce : voilà mon dernier mot.

Bob sourit.
— Même si je te donne cinq cent mille francs?
— Ce n'est pas une question d'argent. D'ailleurs, je ne veux pas que la Paramount me remette une somme d'argent, si grande soit-elle, pour se débarrasser de moi. Je veux un pourcentage sur les recettes, c'est-à-dire des droits d'auteur et le contrôle absolu de mon film.

Il leva les bras au ciel et demanda deux whiskies.

Il ne fut plus question de *Marius* et la vie des studios continua, frénétique et joyeuse.

Cependant, les directeurs des salles et les chefs des agences de distribution ne montraient plus un enthousiasme exagéré pour les films produits ou annoncés par la maison. Les recettes baissaient toujours.

Un film français, *Jean de la Lune*, de Marcel Achard, réalisé par Jean Choux, sortit à l'improviste dans une salle qui était alors de second ordre, le Colisée. Les Champs-Élysées n'étaient pas encore devenus le centre du cinéma et les grands succès ne partaient que des Boulevards. Le triomphe de *Jean de la Lune*, avec Madeleine Renaud, René Lefèvre et Michel Simon, éclata comme une bombe. Le film tint l'affiche pendant vingt-cinq semaines consécutives, et j'eus le plaisir d'y conduire cinq fois en quelques jours plusieurs des *executives* de la Paramount.

L'œuvre ne leur parut pas très bonne. L'enthousiasme du public les fit réfléchir. Leurs certitudes cinématographiques n'en furent pas ébranlées; mais leurs opinions sur le public français furent changées d'un seul coup.

Il y eut, aux studios, une grande conférence secrète. Puis au repas de midi, Bob Kane me dit fort gravement :

— Les films que nous avons faits jusqu'ici sont d'excellents films. Mais le public français ne ressemble pas au nôtre. Le public français est littéraire. Nous allons donc flatter ce penchant, par la constitution d'un comité littéraire. Toi qui connais ce genre de personnes, tu vas en choisir neuf qui seront les membres du comité littéraire de Paramount. Ils recevront chacun cent vingt mille francs par an. Tu sera le dixième membre de cette académie. Quand tu les auras choisis, mets-toi d'accord avec André Daven.

Je fus au conble de la joie.

Enfin la Paramount avait compris, et mon rêve se réalisait : nous allions créer une production française qui ne chercherait pas à copier les films américains, et qui sortirait des ornières de Hollywood.

Après une courte discussion avec Daven, la liste fut établie. Elle comprenait : Édouard Bourdet, Tristan Bernard, Alfred Savoir, Sacha Guitry, Pierre Benoit, Yves Mirande; Saint-Granier et Albert Willemetz nous parurent tout désignés pour diriger la production des opérettes et des comédies musicales. J'ai oublié qui étaient les deux autres. Je crois que nous avions proposé Jean Giraudoux et Paul Morand, mais il me semble qu'ils refusèrent, ou que Paul Morand n'était pas à Paris. Léopold Marchand, qui arrivait de Hollywood, le remplaça.

Ces écrivains, qui n'avaient jamais posé leur candidature, furent bien surpris lorsque la Paramount leur proposa, avec toutes sortes d'égards, de siéger dans ce comité directeur. Après quelques hésitations, ils acceptèrent.

La première de nos réunions eut lieu dans un cabinet particulier du restaurant Albert, sur les Champs-Élysées, à l'endroit même où se trouva plus tard le cinéma Le Raimu.

Bob Kane présidait ce repas, dont le menu faisait songer à ceux du grand siècle. Albert lui-même surveillait nos agapes, et nous déjeunâmes de si grand cœur que nous avions à peine le temps de parler.

Nous attendions que Bob nous dît ce qu'il voulait de nous. Il parla comme toujours, avec la bonne humeur d'un étudiant américain, mais il semblait avoir oublié que le cinéma existât. A la fin du repas, il offrit des cigares d'une longueur surprenante, puis, levant sa coupe de champagne à notre santé, il nous remercia d'avoir bien voulu accepter son invitation. Enfin, il nous donna rendez-vous au même endroit et à la même heure quinze jours plus tard, et il disparut.

Nous pensâmes que ce déjeuner n'était qu'une petite cérémonie d'inauguration, et nous louâmes le tact du grand Bob, qui n'avait pas voulu nous mettre au travail dès le premier jour. Chacun, en arrivant chez lui, y trouva les compliments de la Paramount, soutenus et confirmés par un chèque de dix mille francs 1931.

Au jour de la seconde conférence, nous arrivâmes tout prêts à travailler sérieusement. Plusieurs d'entre nous avaient même préparé des notes, et presque des rapports, sur la valeur littéraire de la production de la maison.

Au dessert, l'un de nous parla. Je crois que c'était Sacha Guitry. Il parla longtemps et fort bien. Il fit un examen sommaire de toute la production, et donna son opinion qui n'était pas favorable.

Chacun eut son tour, et le grand Bob, impassible, dut écouter sept ou huit fois le même discours.

Il nous répondit ensuite en quelques mots : il parla en français et son ignorance de notre langue ne nous permit pas de comprendre exactement ce qu'il avait voulu dire. Cependant, comme il souriait gaiement, chacun pensa qu'il n'était pas mécontent et qu'il allait nous permettre de faire de grandes choses.

Il serra la main à tous, me prit par le bras, et m'entraîna vers sa Rolls.

Pendant que nous retournions vers les studios de Saint-Maurice, il garda le silence jusqu'au pont de Charenton. Enfin, il me regarda dans les yeux, et dit gravement :

— Dans toute ma vie, et même dans un club de femmes, je n'ai jamais entendu autant de stupidités en si peu de temps.

Je fus très surpris.

— Mais, mon cher Bob..., dis-je.

— De quoi se mêlent ces gens-là? Est-ce que je m'occupe de leurs affaires?

— Mais, mon cher Bob, nous avons donné notre avis parce qu'on nous l'a demandé.

— Qui? Pas moi, en tout cas. Je n'ai rien dit du tout, et voilà qu'une escouade de gens décorés se met à parler du cinéma comme s'ils avaient la moindre idée de ce genre d'affaires! Ah! Les Français ne sont pas sérieux!

— Mais, si tu ne veux pas entendre l'opinion de ces écrivains, pourquoi as-tu formé un comité littéraire?

— Moi? dit-il indigné, tu me crois fou? C'est moi qui t'ai chargé de réunir ce comité, mais l'idée ne vient pas de moi. C'est une invention du chef de publicité. Ce n'est pas une idée mauvaise en soi. Mais si tous ces gens se mettent à parler d'un métier qu'ils ne connaissent pas, c'est extrêmement désobligeant. Ils avaient pourtant du caviar, des steaks, des cigares... Mais ils auraient préféré ne rien manger plutôt que de se taire! C'est une histoire absolument incroyable, et si tu veux mon avis, c'est la meilleure que tu m'aies faite!

Cette réunion fut la dernière du comité, qui, pourtant, ne fut point dissous. Des communiqués de presse rappelaient assez souvent au public l'existence de ce précieux aréopage et chacun des conseillers littéraires continua de recevoir chaque mois le chèque et les compliments, jusqu'au jour où Pierre Benoit renvoya l'un et les autres, avec un petit mot charmant; il y faisait savoir que, pour sa part, il considérait la plaisanterie comme terminée. D'autres membres l'imitèrent et le comité disparut.

Il n'en resta rien, sauf une assez forte prévention de Bob Kane contre tous les amis que j'eus, par la suite, à lui présenter... Il n'avait plus confiance en moi, parce que je l'avais fait déjeuner deux fois avec des gens décorés qui croyaient que le cinéma était un art, et qui, de plus, avaient assez peu de bon sens pour refuser des chèques tombés du ciel.

Cependant la « production » des « studios » ne s'était pas améliorée : il fut bientôt évident que la grande maison courait à la catastrophe.

La situation fut jugée si grave que les directeurs de salles, réunis en congrès, n'hésitèrent plus à formuler tout haut les critiques les plus cruelles. Ils tramèrent un véritable complot, ils obtinrent enfin que *Marius* fût réalisé.

Bob Kane fut très sport, et il accepta tout ce que je voulus. Il n'y mit qu'une condition.

– Voici, me dit-il, ce qui est convenu. Tu seras le superviseur de la production française, et tu auras pour collaborateur Alexandre Korda. Le film sera joué par tes acteurs puisque tu y tiens. De plus, j'accepte de te donner des droits d'auteur sur les recettes, ce qui me vaudra de vifs reproches télégraphiques de la part de Hollywood. Mais, en échange de ces sacrifices, tu m'autorises à tourner comme il me plaira une version allemande et une version suédoise de ton film. Je ferai, pour ces versions, les coupures qui me paraîtront nécessaires, je choisirai les acteurs à mon goût, je changerai le titre, bref, tu me laisses une entière liberté. Es-tu d'accord?

Je ne discutai rien. Je pouvais, enfin, faire un film

français à ma guise : les versions étrangères m'importaient peu.

Un beau matin de 1931, je trouvai dans le bureau de Bob Kane un homme jeune, aux cheveux bouclés, qui fumait attentivement un très beau cigare.

Bob, qui buvait un jus de tomate, me dit comme s'il parlait d'un objet :

– Ceci est Korda.

Il me parut froid mais sympathique.

– Il va faire la mise en scène de *Marius*. Tenons une conférence.

Je commençai à raconter ma pièce à son futur metteur en scène. Il m'arrêta aux premiers mots.

– Je sais, me dit-il. Je suis arrivé avant-hier. J'ai vu déjà deux représentations. J'irai encore avec vous ce soir.

Je fus surpris et charmé.

– Que pensez-vous des acteurs ?

– Il faut les prendre tous.

– Mais, dit Bob Kane, ils sont tout à fait inconnus au cinéma !

– Je crois, dit Korda, qu'après ce film ils seront tous célèbres. Il y a surtout un homme grand et fort, qui joue le rôle du patron du bar.

– Raimu, dis-je.

– C'est cela même. Ce Raimu est certainement l'un des meilleurs acteurs du monde. Il y a aussi une femme qui me rappelle Lilian Gish, et un jeune homme d'une pureté merveilleuse. C'est un grand plaisir de voir jouer ces gens-là.

Je lançai à Bob Kane un regard de triomphe.

– Que vont-ils faire devant la caméra ? demanda Bob.

– Ce n'est pas la question qu'il faut poser, dit Korda. Moi, je me demande : « Qu'est-ce que la caméra va faire devant eux? » Cela, c'est *mon* problème. J'ai bon espoir de le résoudre.

J'avais depuis longtemps préparé une version cinématographique de la pièce. Je la donnai à Bob, qui la trouva réussie. Korda me conseilla quelques coupures, que j'acceptai sans la moindre hésitation. J'avais confiance.

Raimu vint au studio en bougonnant. Il ne croyait pas encore au film parlant, et l'idée que notre travail serait dirigé par un étranger lui faisait hausser les épaules.

– Un Tartare qui vint d'Olivoï pour nous tirer la photographie!

Mais au bout d'une heure de conversation, toutes ses préventions étaient tombées. Le soir même, ils se promenaient dans la cour des studios, en bavardant amicalement, et Korda l'acheva d'un cigare qu'il tira d'un petit cercueil de cèdre.

Les prises de vues de *Marius* m'ont laissé un très beau souvenir.

Alexandre Korda ne tourna jamais un plan sans m'expliquer ce qu'il voulait faire, et pourquoi il le faisait. De mon côté, je réussis à le convaincre de l'importance nouvelle du dialogue. Ce maître du film muet n'hésita pas une seconde et décida de faire un film vraiment parlant. Il m'avait dit un soir, dès nos premières entrevues :

– Le film parlant est un art nouveau, et nous avons une très grande chance : je sais tout ce que tu ne sais pas, et tu sais ce que j'ignore. Si nous travaillons de bonne foi, et sans tirer la couverture, nous réussirons certainement à faire quelque chose d'intéressant.

C'est de cette collaboration fraternelle qu'est sorti, en 1931, l'un des premiers films parlants.

Les comédiens avaient joué leurs rôles sur la scène pendant une série de neuf cent soixante représentations, puis encore cent fois pendant une reprise en été. C'est pourquoi ils jouèrent ces mêmes rôles dans le film avec une aisance et une autorité qui n'ont jamais été surpassées.

Les trois versions furent tournées en même temps : j'étais assez surpris de retrouver chaque jour, au restaurant des studios, trois César, trois Fanny, trois Marius, trois Escartefigue, qui étaient incapables d'échanger deux mots entre eux, sauf « gin », « whisky », « votre santé » et « s'il vous plaît ».

Il y eut, naturellement, quelques incidents. Les services techniques, et surtout les hommes du son, pensaient encore que les auteurs et les comédiens n'avaient d'autre utilité que de mettre en valeur l'excellence de leurs appareils.

Le premier jour, un *soundman* fit son apparition sur le plateau : il sortait de la villa du Mystère, où tournaient en silence les dérouleurs de la Western Electric. Il vint vers moi, et me dit d'un ton décisif :

– Il est impossible d'enregistrer la voix de Raimu.

– Pourtant, dis-je, il a déjà fait plus de cent disques de phonographe, et un film *Le Blanc et le Noir*.

– Sa voix n'est pas phonogénique, reprit le sorcier. Nous avons ici les meilleurs appareils du monde : et, pourtant, je n'arrive pas à un bon résultat.

– Qu'est-ce que ça? dit Korda, de loin.

– Ce monsieur affirme qu'il ne peut pas enregistrer la voix de Raimu.

– C'est bien dommage pour lui, dit Korda. Parce qu'on ne peut pas remplacer Jules. Mais lui, on peut.

Le *soundman* parut très étonné : mais il le fut au sens ancien du mot quand il vit Raimu s'avancer vers lui.

Depuis le début de notre travail, le grand Jules était resté souriant et paisible, à cause de son admiration pour Korda. Il avait donc une énorme provision de colère et de cris rentrés.

Il marcha lentement sur le *soundman*, gonfla sa vaste poitrine et dit :

— Ah! c'est vous le téléphoniste? C'est vous qui n'entendez pas ma voix. Vous voulez que je crie? Voilà, monsieur : « Monsieur Brun, ne le dites à personne qu'Escartefigue est cocu! Ça pourrait se répéter! »

Il hurla deux fois cette phrase, avec cette voix homérique qui passait sans effort de la contrebasse à la trompette.

Le *soundman* avait bondi vers le microphone, non point pour s'en servir comme d'une arme, mais pour le cacher sous son veston et, tremblant d'inquiétude, il suppliait :

— Pas si fort! Faites-le taire! Il va me fêler la pastille!

Malgré l'étrangeté de cette plainte, Raimu comprit que la mécanique demandait grâce – et c'est à voix basse qu'il déclara :

— Monsieur, lorsque je téléphone en ville, tout le monde me comprend : mais vos appareils américains ne savent pas encore le français. Maintenant, puisqu'il est midi, venez prendre l'apéritif avec moi, et, pour habituer votre oreille à mon trombone, je vous réciterai des fables.

C'est ainsi qu'il devint l'ami du *soundman* et que sa voix fut parfaitement enregistrée.

Grâce à la vitesse de Korda, grâce à son génie de metteur en scène qui devait nous donner plus tard

La Vie privée d'Henry VIII, le film fut terminé en cinq semaines. La projection durait deux heures, et c'était le plus long film qu'on eût jamais réalisé.

Au cours d'une conférence, tous les chefs de service – américains ou français – se déclarèrent horrifiés par la longueur des dialogues et prétendirent qu'il fallait en couper au moins quarante minutes. Bob Kane, fidèle à sa parole, leur déclara que ce film était mon affaire personnelle, que je refusais la moindre coupure, et qu'Alexandre Korda savait fort bien ce qu'il faisait.

De plus, il était très clair et très évident pour tout le monde que les véritables films de *Marius* étaient la version suédoise et la version allemande, qui avaient été réalisées avec de vrais acteurs de cinéma, un vrai *treatment* (c'est-à-dire que le *scenario department* avait rendu la pièce méconnaissable), un vrai découpage (c'est-à-dire que la plus longue des prises de vues ne dépassait pas trente secondes) et une vraie « mise en scène » (c'est-à-dire que l'appareil s'était continuellement promené à travers le décor comme s'il tournait autour du pot).

Pour la version française, elle était considérée comme un ouvrage d'amateur. Les vrais cinéastes blâmaient la faiblesse de Bob Kane et l'incroyable naïveté de Korda, qui s'étaient laissé faire par d'incapables Marseillais. Personne n'insista donc pour les coupures : la vie de ce navet devait être courte, on en serait quitte pour une semaine de ricanements.

Je rappelle aujourd'hui, en ricanant moi-même assez peu chrétiennement, que les versions allemande et suédoise remportèrent chacune un four étourdissant dans leurs pays respectifs. La pièce, pourtant, y avait été fort bien reçue au théâtre. Quant à la version des « amateurs », la nôtre, elle obtint, au cinéma Paramount, un succès considérable, et plus grand que celui de la pièce : en novembre et décembre 1931, les recettes approchèrent d'un million par semaine (environ cinquante millions 1960) et *Marius* devint la « locomotive » des distributeurs de films : c'est-à-dire que, pour obtenir l'autorisation de projeter *Marius* pendant une semaine, les directeurs indépendants de toute la France devaient s'engager à projeter dix-neuf films payés au même prix que *Marius*.

Les distributeurs étaient à la fête et me témoignèrent, à partir de ce jour, une très sincère amitié.

Cependant, les directeurs de la salle d'exclusivité ne montraient pas une joie sans mélange. De temps à autre, entre deux vagues de félicitations, ils me disaient :

– Il est bien dommage que le film soit trop long. Si vous nous permettiez de couper çà et là – des coupures sans importance –, nous pourrions faire chaque jour deux séances de plus, à quinze mille francs par séance, ce qui nous donnerait deux cent dix mille francs de plus par semaine.

Je leur répondis que si leur raisonnement était juste, il serait sage de couper au moins la moitié du film, on doublerait ainsi le nombre des séances et, par conséquent, la recette.

J'ai su, depuis, que ces affectueux assassins avaient déjà fait, sans me prévenir, ce qu'ils me proposaient en baissant les yeux.

Ils me présentèrent quelques jours plus tard un autre reproche qui, tout en flattant ma vanité, excita mon indignation.

– Ce film, me dit le chef de la salle, a un défaut. Il plaît trop.

Je fus charmé, mais je ne compris pas très bien ce qu'il voulait dire.

– Il y a beaucoup de gens, expliqua-t-il, qui restent assis pendant deux séances consécutives : nous perdons ainsi plus de trois cents fauteuils par jour et ce n'est pas raisonnable.

La presse, cependant, avait accueilli *Marius* sans trop de méchanceté. On m'accusa, pour la première fois, d'avoir fait du « théâtre filmé », et de « ne rien comprendre au cinéma ». On déplora l'« engouement » du public. On affirma que ce succès était tout à fait « exceptionnel », qu'il ne prouvait « absolument rien », et même qu'il était « dangereux » pour le « cinéma pur ».

En dépit de ces attaques – d'ailleurs combattues par le budget de publicité de la puissante Société Paramount – le succès fut général dans toute la France, l'Afrique du Nord, la Suisse et la Belgique.

L'énormité des recettes me fit le plus grand plaisir, non point par amour de l'argent, mais parce que j'espérais avoir ainsi, vis-à-vis des hommes d'affaires du cinéma, un argument qu'ils ne discutent jamais, une preuve pratique de la valeur de mes théories cinématographiques. J'avais l'intention de leur dire :

– Vous m'avez permis de travailler librement, et vous êtes fort satisfaits du résultat. J'espère que vous ne discuterez plus mes idées, et que vous me laisserez carte blanche pour mes prochains films.

Je pensais avoir gagné la bataille, et la grande joie de Bob Kane, fier du succès de son ami, m'aidait à croire à un triomphe définitif.

Il y eut, cependant, un soir, un incident dont je ne compris peut-être pas tout de suite la gravité.

Bob, enthousiasmé par le génie de Raimu, avait

décidé de l'inviter à dîner dans la salle à manger de l'état-major.

C'était une initiative hardie, et qui n'avait aucun précédent. Une invitation, dans cette salle, était aussi honorable qu'une cravate de la Légion d'honneur : tout au moins dans l'esprit Paramount – car je n'ai pas besoin de dire que le grand Jules n'y voyait rien d'autre qu'une invitation à dîner, qu'il avait bonne envie de refuser. Toutefois, je lui représentai que la Compagnie se proposait de l'engager pour plusieurs films, qu'il s'agissait d'un dîner d'affaires et que je serais avec lui, pour lui servir de compère et d'interprète : ce qui le décida.

Le repas fut tout à fait charmant. Les tentatives de Raimu pour parler anglais furent aussi drôles que le français de Bob Kane et de Steve Fitzgibbons. De plus, le grand Jules nous permit d'admirer son génie de comédien : quand il ne pouvait exprimer un sentiment, il le jouait, en bégayant quelques mots d'anglais. Enfin, lorsqu'il leur parlait en français, il employait le style petit nègre, et criait de toutes ses forces, qui étaient grandes. (Je lui fis remarquer que si nos hôtes ne le comprenaient pas, ce n'était point faute de l'entendre.) La soirée fut très joyeuse, et Raimu conquit tout son auditoire comme il savait le faire quand il le voulait.

Vers onze heures, Bob Kane se leva tout à coup, prit Raimu par le bras, et me fit signe de le suivre.

Il nous conduisit dans le jardin des studios. Un clair de lune immense illuminait le gravier, qui paraissait aussi blanc que du sucre. Une puissante lampe électrique, judicieusement placée au-dessus du volcan Paramount, renforçait le clair de lune afin de mettre en valeur le précieux totem. On voyait nettement les petites pierres qui le composaient. Il y en avait des vertes, des bleues, des rouges, assemblées avec une géniale patience : on sentait bien que lorsqu'un coup de vent dérangeait un détail de cette rigoureuse ordonnance, un volcaniste payé tout exprès se ruait aux réparations.

Bob Kane, qui nous tenait chacun par un bras, me dit en anglais : « Ce Raimu est un homme extraordinaire : je le considère comme le premier acteur du monde. »

Je traduisis ce préambule au grand Jules, qui ne fit aucune objection.

– Dis-lui, reprit Bob Kane, qu'avant de signer avec lui un contrat de longue durée, je désire lui faire un cadeau. Qu'il choisisse ce qu'il voudra.

– Mon vieux, dis-je à Raimu, il te demande de choisir un cadeau. Tu sais comme les Américains sont généreux. Tu peux choisir n'importe quoi : un stylo de grand luxe, un chronomètre, une voiture, je suis sûr qu'il te le donnera.

Raimu se pencha vers Bob, et pour mieux être compris, lui cria dans l'oreille :

– Vous êtes bien gentil!

Bob, la main sur le cœur, disait :

– Que tu veux, tu chouzes. Tu chouzes comme tu plais.

Raimu réfléchit un instant, les mains derrière son dos, dans sa pose favorite. Puis il me dit :

– Explique-lui que ce volcan, avec toutes ces miettes, ça m'agace depuis longtemps. Dis-lui que s'il veut me faire plaisir, il faut qu'il me permette de foutre un coup de pied dedans.

Je n'osai pas traduire, malgré le regard de Bob qui m'interrogeait anxieusement. Mais Raimu montrait du doigt le volcan sacré, et, en donnant de grands coups de pied dans le vide, suggérait l'éparpillement définitif de l'œuvre d'art.

Bob comprit tout à coup : il respira profondément, devint tout pâle, fit un demi-tour sur lui-même, et sans mot dire, disparut dans la nuit.

Après quelques semaines de vacances, je revins aux studios de Joinville. J'eus le chagrin de ne pas y retrouver Korda. Il était reparti pour l'Amérique, et je ne devais pas le revoir pendant de longues années. Ma déception fut d'autant plus grande que la Paramount, mise en goût par le succès de *Marius*, qui tenait toujours l'affiche, avait acheté les droits de *Topaze*. On me rappelait d'urgence pour préparer la réalisation de ce nouveau film.

Je passai près de l'Opéra, devant la merveilleuse salle de spectacle de la puissante société : mon nom s'étalait en lettres énormes sur la haute façade, qui n'attendait que la nuit pour flamboyer – et une longue queue qui en faisait le tour descendait, le long de la rue, jusqu'à l'Opéra.

Cette vue me remplit d'assurance.

Je me présentai donc au studio avec un sourire discret, mais joyeux.

J'avais un très joli veston clair, et un feutre léger à peine penché sur la droite. Je n'avais pas mis les pouces dans les entournures de mon gilet, mais, pour un peu, je l'aurais fait. Cette attitude vaniteuse était presque légitime, et je venais pour recueillir des félicitations amicales et d'affectueuses poignées de main.

L'accueil que je reçus me déconcerta, puis me remplit d'amertume et de tristesse. Sauf Bob Kane, qui semblait avoir oublié l'attentat contre la dignité du volcan, nul ne me parla de mon film, et j'appris que les *executives* avaient décidé de faire écrire les dialogues de *Topaze* par mon ami Léopold Marchand. De plus, la mise en scène serait faite par un

Français arrivé de Hollywood et qui s'appelait Louis Gasnier.

Je ne pus comprendre tout de suite d'où venait le coup. J'étais alors très jeune, et je ne m'étais pas rendu compte que l'entourage de Bob Kane, vivant grassement du film muet, n'avait jamais aimé le film parlant. Je n'avais pas compris que le succès de *Marius* ne leur inspirait aucune joie, ni même aucune jalousie, mais une véritable terreur. Ils savaient bien que leurs situations étaient à jamais perdues, et que l'énorme queue qui stationnait jour et nuit autour du Paramount, c'était le cortège immobile qui attendait, devant une porte funèbre, leurs corbillards.

2

Je quittai donc les studios de Saint-Maurice, ou plutôt j'en fus banni, parce que le succès de *Marius* confirmait celui de *Jean de la Lune*, c'est-à-dire celui du film parlant français.

J'ai su que l'ordre était venu de Hollywood, qui luttait encore farouchement contre la nouvelle découverte, et qui craignait de perdre le marché mondial.

Par bonheur, j'avais refusé de vendre à forfait les droits d'auteur de *Marius* et j'avais exigé un pourcentage, ce qui me donnait le droit de voir les comptes de la puissante société de production.

C'est par cette vérification que j'appris la colossale puissance du cinéma.

J'avais été stupéfait par l'énormité des dépenses dans les studios; je fus encore beaucoup plus étonné lorsque je connus l'importance des recettes. Deux de mes amis qui étaient dans la « distribution » m'affirmèrent que l'exploitation de *Marius*, en 1931 et 1932, ferait certainement rentrer, dans les caisses de la Société, une quinzaine de millions, auxquels s'ajouteraient, pour l'étranger et le petit format, au moins trois millions. C'étaient là, en 1931, des sommes énormes et j'en fus ébloui, parce que leur total représentait le prix de revient de sept ou huit films. Avec l'optimisme de la jeunesse, j'en conclus que la production des films ne présentait aucun risque, et je décidai de m'établir producteur, afin de réaliser en toute liberté mes futurs ouvrages.

C'était une époque bénie : la nation n'était pas encore la propriété de l'État, et le citoyen, seule source d'idées et de richesse, était libre tant que sa liberté ne gênait pas celle de son voisin. Il était possible de produire des films sans prévenir personne, et on n'avait de comptes à rendre qu'à la censure.

J'aurais bien voulu commencer mon industrie avec *Fanny*. Par malheur, j'avais signé avec un producteur américain un contrat qui lui donnait une option sur les droits cinématographiques de cet ouvrage. Je songeais donc à inventer une nouvelle histoire, lorsque le titulaire de l'option, de passage à Paris, m'invita à déjeuner, pour me dire au dessert qu'il ne la levait pas. Après le succès de *Marius*, je crus qu'il plaisantait; lorsque je compris qu'il parlait sérieusement, je lui demandai de bien vouloir m'en informer sur-le-champ par écrit, ce qu'il fit de bonne grâce, sur le verso d'une addition du restaurant. Si nous n'avions pas été assis, je l'aurais serré dans mes bras.

Je lui demandai alors pourquoi il n'aimait pas ma pièce. Il me répondit très sérieusement qu'il la trouvait admirable, mais qu'elle ne pouvait être un succès au cinéma, parce que c'était la suite de *Marius*, et que JAMAIS une suite n'avait fait ses frais. C'était une loi sans exception, fondée sur une expérience mondiale et gravée en lettres d'or au fronton de Hollywood.

Je lui annonçai alors que j'allais produire le film moi-même, ce qui le fit sourire de pitié.

Au moment d'entreprendre des travaux cinématographiques, je jugeai prudent de m'associer à un professionnel expérimenté, et je choisis Roger Richebé, venu comme moi de Marseille. Il avait déjà produit *La Petite Chocolatière*, *Mam'zelle Nitouche*, *La Chienne*, *L'amour chante*, qui avaient obtenu de grands succès : nous fondâmes ensemble, en 1932, une société de production, qui réalisa *Fanny*.

J'avais adapté la pièce, en utilisant les possibilités que m'offrait l'écran : je pus raccourcir certaines scènes, et j'en ajoutai de nouvelles; enfin, je demandai à Marc Allégret, dont j'admirais l'intelligence et le talent, de diriger la mise en scène.

Le film fut une très grande réussite commerciale, mais la presse ne lui fit pas bon accueil. Les critiques, avec un peu d'humeur, me conseillèrent de retourner au théâtre, et plusieurs allèrent jusqu'à nier le succès de notre ouvrage qui était pourtant évident; presque tous déclarèrent que ce n'était pas du cinéma, mais du théâtre photographié.

C'est alors que je décidai de fonder une revue pour y défendre mes idées. Elle prit le titre *Les Cahiers du film*, ses principaux collaborateurs furent Arno-Charles Brun, Gabriel d'Aubarède et le vigoureux dessinateur Toé.

Les *Cahiers*, fort bien présentés et soigneusement rédigés, furent envoyés à toute la critique, aux producteurs et aux metteurs en scène. Ils ne contenaient que peu d'informations, mais d'assez longs articles de pure doctrine.

Ces articles déclenchèrent une longue et farouche bagarre qui fit rage autour du cadavre du film muet.

Pour l'édification des jeunes cinéastes d'aujourd'hui, je veux en raconter les premiers épisodes, et leur en donner le ton.

3

Le film muet, cet infirme, tirait toute sa force de son infirmité : il était international, comme les langues idéographiques, et son marché, c'était le monde entier. C'est ainsi que le génie comique et pathétique de Charlie Chaplin en fit de son vivant l'homme le plus célèbre de toute l'histoire de l'humanité. Plus célèbre que Napoléon, César, Shakespeare, Louis XIV, Galilée ou Hitler, il a fait rire ou pleurer des millions d'hommes et de femmes, depuis les Samoyèdes jusqu'aux Patagons de la Terre de Feu, grâce à l'idéographie animée que fut le cinéma muet.

La production française avait une fort belle place sur le marché mondial, l'industrie cinématographique enrichissait beaucoup de gens : producteurs, metteurs en scène, comédiens, distributeurs, et le prix de revient d'un film était fort raisonnable par rapport à l'immensité du marché.

Le film parlant allait exiger la construction de nouveaux studios insonorisés, il fallait louer à prix d'or un matériel américain, et payer très largement des ingénieurs spécialisés dont la présence était indispensable, car les mystérieux appareils de son étaient d'une extrême fragilité : ils craignaient les *s* et *ch*, qu'ils enregistraient parfois à l'auvergnate. D'autres fois, le timbre des voix s'altérait peu à peu au cours d'une scène et finissait par passer du bigophone au mirliton. Ces trahisons étaient secrètes : elles ne se révélaient que le lendemain, à la projection de la pellicule qui revenait du laboratoire.

Alors, on commençait par injurier le projectionniste, qui défendait âprement la sincérité de ses appareils, puis le producteur accusait l'ingénieur du son; celui-ci, la loupe en main, déclarait que le laboratoire avait visiblement développé cette pellicule avec de l'eau de lessive ou du pipi de chat. Le développeur protestait violemment, et parfois injurieusement. Alors tout le monde se mettait d'accord pour accuser Kodak ou Agfa, qui n'étaient là ni l'un ni l'autre, et la troupe indignée recommençait le travail de la veille.

D'autre part, l'immense marché du muet était réduit aux territoires d'une seule langue. Malgré les artifices du doublage (alors dans son enfance) les bénéfices possibles étaient diminués des $9/10^e$ au moment même où les frais étaient triplés ou quadruplés : pour les industriels du cinéma, l'avènement du parlant était une catastrophe.

De plus, le désastre commercial était complété par un désastre artistique. Les vedettes du muet, fabriquées à grands frais, étaient en général fort peu capables de s'exprimer autrement que par des jeux de physionomie, des gestes, des attitudes. Enfin les hommes de l'image, qui, jusque-là, régnaient en maîtres sur les plateaux, allaient céder la place aux hommes du son, dont les exigences étaient alors sans réplique, et qui tyrannisaient jusqu'aux metteurs en scène.

Le nouvel art avait donc contre lui toute une

armée : celle des gens du muet, qui étaient nombreux, riches et puissants.

Aux premiers succès du parlant, ils haussèrent les épaules, et déclarèrent qu'il s'agissait d'une « attraction », en somme amusante, mais qui ne tiendrait pas jusqu'à la fin de la saison, comme le pensait Volterra.

Six mois plus tard, ils capitulaient à grand regret et tentèrent de réaliser des films parlants : mais ils voulurent conserver tous leurs anciens collaborateurs, car leurs efforts étaient fondés sur une irréparable erreur : ils croyaient que le parlant n'était qu'un perfectionnement du muet, et qu'il suffirait – pour utiliser les haut-parleurs – d'enregistrer des bruits, des sons, de la musique et un certain nombre de phrases, aussi courtes que des sous-titres.

Cette erreur avait bien des causes.

Tout d'abord, le nouvel art s'appelait « film parlant », ce qui le rattachait au « septième art ». Ensuite, il utilisait tous les appareils, toutes les découvertes physiques ou chimiques qui avaient permis la fabrication du film muet : caméras, pellicule, usines de tirage, appareils de projection, appareils d'éclairage, écrans, etc.

A cause de cette identité des moyens de production, le « parlant » devint la propriété des producteurs du film muet. Et, de même qu'ils gardaient les appareils, ils gardèrent leur personnel, leurs artistes, leurs metteurs en scène, et ils essayèrent de produire des films parlants. Mais, dès leur premier pas dans la nouvelle voie, ils se heurtèrent à une barrière infranchissable : le dialogue.

Le dialogue, c'est le pont aux ânes de l'art dramatique, c'est la substance même de l'ouvrage. Je ne veux pas dire qu'il faille un grand génie, pour écrire du dialogue, mais il faut un DON spécial, comme pour jouer au billard, ou pour jouer la comédie.

Celui qui n'a pas ce don, l'art dramatique le rejette, et ce qu'il écrira n'aura pas la vie. Ainsi, de très grands écrivains, comme Flaubert, comme Balzac, comme Ernest Renan, ont écrit des pièces de théâtre. Elles étaient ennuyeuses, injouables, imparlables. Et les auteurs de films muets qui prétendirent écrire les dialogues croyaient qu'une phrase est une réplique, qu'une conversation est une scène, qu'un bon mot peut être dit par n'importe quel personnage, n'importe où et n'importe quand... Ils ne purent franchir l'invisible barrière qui en avait arrêté de plus grands.

D'autre part, les belles ingénues, dont le silence nous avait fait croire à des pensées qu'elles n'avaient pas, nous firent entendre des voix souvent mal placées, parfois vulgaires, et une diction hésitante. Le jeune premier, toujours aussi beau, n'articulait pas très nettement, et de la barbe calamistrée du père noble sortaient des sons parfois confus. De plus, ces comédiens étaient gênés par leur talent de mimes, qu'après des années de pratique leur corps ne pouvait maîtriser, et ils soulignaient par des gestes ce que leur voix disait, si bien qu'ils exprimaient deux fois la même chose.

Enfin, le metteur en scène, venu du film muet, n'aimait guère le texte, réduit à sa plus simple expression, et ne croyait qu'aux images.

C'est ainsi que, contraints et forcés par le public de sacrifier au nouvel art, les spécialistes du muet inventèrent une sorte de monstre; le film réticent, orné de tintements de cuillères, de gémissements, de détonations, le film soupirant, reniflant, sanglotant, encombré çà et là de paroles anodines; et ils nous expliquaient que c'étaient là les limites du « parlant », mais nous savions bien pourquoi leur fille était muette : c'est parce qu'ils ne savaient pas la faire parler.

Pourtant, bon nombre de ces films eurent un succès honorable. Le public de cette époque était tout naturellement intéressé par ces photographies sonores : il serait venu voir un chef de gare lisant à haute voix l'horaire des chemins de fer. Mais, quelques mois plus tard, ce miracle n'étonna plus personne, et il devint bientôt évident que seuls les films tirés d'ouvrages d'auteurs dramatiques et joués par de vrais comédiens pouvaient désormais intéresser le public.

Un nouveau producteur, Georges Marret, décida de porter à l'écran une délicieuse pièce de Marcel Achard, *Jean de la Lune*. Le film, réalisé par Jean Choux, était interprété par Madeleine Renaud, Michel Simon et René Lefèvre. Le metteur en scène avait scrupuleusement respecté les dialogues d'Achard.

Présenté au Colisée, le film y resta vingt-quatre semaines. Six mois plus tard, le Paramount sortait *Marius*, avec le même succès, puis *Le Maître de forges*, *Fanny*, *Nous ne sommes plus des enfants*, *La Dame aux camélias*, *Monsieur de Pourceaugnac*, *La Robe rouge*, *La Femme nue*...

Cependant, la presse cinématographique restait réservée, et parlait toujours de « théâtre filmé », de « théâtre en conserve ».

Nos *Cahiers du film* ne tiraient qu'à cinq mille exemplaires et Hachette n'en vendait pas la moitié; pourtant, selon notre chef de publicité, les réponses de la presse auraient pu remplir dix volumes de trois cents pages.

Mes articles n'étaient que la suite de celui que

j'avais publié dans *Le Journal* en 1930, près de trois ans plus tôt, et notre doctrine se résumait en trois points.

1º Le film muet va disparaître à jamais.

2º Le film parlant doit parler.

3º Le film parlant peut servir tous les arts et toutes les sciences, mais il n'a découvert aucun des buts qu'il nous permet d'atteindre. Ce n'est qu'un admirable moyen d'expression.

Le retentissement de notre premier numéro fut plus grand que je ne l'avais espéré.

Une revue corporative, *Le Film sonore*, annonça en ces termes les résultats obtenus :

« On sait l'impression causée dans la presse par les premières précisions de l'auteur de *Topaze* et de *Marius*. On peut dire sans exagération que les théories cinématographiques de Pagnol ont rencontré une réprobation unanime et absolue de tous les critiques. Cela est d'autant plus significatif que cette opposition n'est nullement guidée par des intérêts matériels, car, en l'occurrence, le sujet purement théorique permet un échange de vues sincère, une polémique courtoise et sans arrière-pensée. »

L'aimable rédacteur du *Film sonore* se faisait des illusions sur la courtoisie et la bonne foi d'un grand nombre de ses confrères. Je ne lui en ferai pas reproche, car je pensais comme lui; j'espérais une polémique presque littéraire, et j'attendais des arguments.

Ciné-Miroir, sans doute mieux informé, comprit immédiatement qu'il s'agissait d'une bataille : dès janvier 1934, il l'annonça en ces termes :

« Il vient, dans *Les Cahiers du film,* de pousser un cri de guerre, et je crois bien que nous allons entendre siffler à nos oreilles des lances et des flèches, et assister à de sanglantes représailles. »

Ces « représailles » commencèrent aussitôt; ce ne furent pas les critiques qui parlèrent les premiers, mais des échotiers, ou d'agressifs folliculaires : ils ne répondirent pas à mes arguments, mais attaquèrent *ad hominem.*

Sur la couverture en couleurs d'un hebdomadaire fort répandu, intitulé *D'Artagnan,* un caricaturiste féroce avait représenté mon visage, qui exprimait à la fois une haine farouche et une prétention stupide; les deux premières pages m'étaient consacrées, et un certain Athos me présentait ainsi à ses lecteurs :

« Ce petit bonhomme au teint terreux et même ictéreux – il doit avoir une maladie de foie – n'a jamais inspiré personne, sauf les courtiers de publicité.

« De viande miteuse et de basse mine, ce combinard chafouin fait songer, avec un nez sans cartilage sous ses yeux globuleux, avec sa bouche torve, à un tamanoir anémique que des fourmis rouges auraient sucé jusqu'à l'os. »

Le vaillant mousquetaire affirmait ensuite que toutes mes pièces de théâtre avaient été écrites par mon frère, que je venais de perdre, et que par conséquent on ne reverrait jamais mon nom sur une œuvre nouvelle. Ces calomnies étaient si ridicules que je ne pris même pas la peine d'y répondre.

Bec et Ongles disait de son côté :

« On se demande s'il n'est pas devenu complètement fou : le voilà qui invente une théorie pour justifier ses erreurs. » Déc. 1933.

Le Charivari s'inquiétait à son tour de mon état mental :

« Décidément, M. Pagnol devient un cas. Relèvera-t-il un jour plus de la pathologie que de la rubrique des spectacles? »

Le *45ᵉ Parallèle*, de Bordeaux, était presque affectueux :

« O Marcel! Tu n'as pas fini de nous faire rigoler! »

M. Raoul d'Ast, dans *La Liberté*, se révéla plus agressif :

« Alors, tel Alexandre tranchant le nœud gordien, Marcel Pagnol, jugeant indigne de lui sa qualité d'écolier, s'est proclamé maître... Seule l'inattention de nos contemporains, sans doute, n'a pas aperçu les blanches colombes de la connaissance qui auréolaient, d'un vol circulaire, son front génial.
« Après une série de divagations quelque peu méprisantes à l'égard des prêtres du septième art, Marcel Pagnol, tel Moïse sur le Sinaï, prétend avoir reçu la sainte Loi du cinéma. » *La Liberté*, 12 janvier 1934.

« Une révolution! ou le mot n'a plus de sens. Qui vivra verra. Quant à nous, il s'agit d'une habile opinion publicitaire : ça, c'est du cinéma d'à côté, celui des galéjades. » *Filma*, 31 décembre 1934.

« Connaissez-vous la dernière... histoire marseillaise ?

« Olive rencontre son vieil ami :

« – Hé ! Marius ! lui dit-il, tu viens avé moi ! Je t'emmène au cinéma...

« – Ah ! misère ! répond Marius, que veux-tu que j'aille faire dans ton cinéma ? Le cinéma, mon bon, le cinéma... mais je suis en train de l'inventer ! Et ce n'est pas une blague.

« Marcel-Marius Pagnol, qui vient de fonder une revue, *Les Cahiers du Film*, explique gravement qu'il s'occupe à mettre au point la technique du cinéma... » *Bordeaux-Ciné*, 26 janvier 1934.

Je pourrais remplir des pages avec ce genre de railleries ou de sarcasmes souvent injurieux.

Les agresseurs firent tant et si bien qu'ils finirent par me rendre sympathique, et je reçus une pluie de lettres d'amis inconnus.

C'est alors que je fus attaqué sous un autre angle.

Plusieurs petits journaux, bientôt imités par la province, me présentèrent comme un redoutable homme d'affaires, qui avait déjà gagné trop d'argent. Cette réussite matérielle semblait leur inspirer un grand mépris et ils m'accusaient de vouloir en gagner davantage, ce qui eût porté à son comble leur douloureuse indignation.

Voici le ton de cette grinçante musique :

« Notez bien que, si l'auteur de *Fanny* se bornait à fabriquer des théories, il n'y aurait qu'à le laisser faire et à l'observer en silence afin de se rendre exactement compte du degré d'incompréhension que peut atteindre un écrivain intelligent quand il poursuit une idée fixe ou une gageure. Malheureusement, M. Pagnol agit, il agit avec ce sens des affaires dont il n'a jamais été dépourvu et qui a toujours diablement aidé son génie d'auteur dramatique : chacun sait qu'il a maintenant sa maison de production dont il est metteur en scène, auteur, adaptateur, etc., suivant l'occasion. Peut-être même le verrons-nous acteur, ce qui serait encore une merveilleuse source de profit.

« Il a aussi, depuis un mois, sa revue de cinéma où l'on trouve en quelque sorte le " manifeste " de la nouvelle école pagnolesque, ou, plus exactement, les " projets " de la nouvelle " firme ", les termes " manifeste " et " école " entendant plutôt un idéal esthétique désintéressé qui me semble assez éloigné des soucis de notre dramaturge. » *Vie toulousaine*, 16 décembre 1933.

« M. Marcel Pagnol, dans une revue d'homme riche... La pièce est en conserve, livrable en boîte. Elle enrichira mieux le marchand... Cependant, se risquant encore sur ces parallèles qui n'aboutissent point à des coffres-forts, etc. » *Bref*.

Dans *Le Figaro*, X. disait :

« Il peut dormir tranquille, son gousset bien garni. »

Dans *La Vie parisienne*, du 6 janvier 1934 :

« Grimpé sur les millions qu'il a gagnés au théâtre, Marcel Pagnol ne croit plus qu'au cinéma. »

D'Artagnan revenait à la charge :

« Ayant tout récemment découvert la cinématographie, notre Marseillais prend avantage de sa grande autorité pour énoncer, sur un art qu'il ignore et méprise, tous les sophismes dictés par son incompétence, son caprice d'enfant gâté, et le calcul d'un homme réputé pour la raideur de ses intérêts. Aussi bien, devons-nous nous en tenir à cette dernière proposition, qui, mieux que toute autre, doit expliquer le zèle cinématographique de M. Marcel Pagnol. » 6 janvier 1934.

Ces reproches, qui semblaient n'avoir aucun rapport avec la querelle, s'adressaient en réalité aux très grands succès de *Marius* et de *Fanny*, dont les bénéfices me permettaient déjà d'installer à Marseille des studios, puis des laboratoires, puis des agences de distribution à Paris, Marseille, Lyon, et Alger. La possession de cet ensemble, qui assurait ma liberté, inquiétait les studios de Paris, les cinq laboratoires existants, les distributeurs, et les tenants du muet, dont plusieurs espéraient encore la disparition du parlant, ou tout au moins une coexistence des deux arts.

Je répondis modestement que ni l'existence contestable de ma « bouche torve », ni la révélation de la « raideur de mes intérêts » ne faisaient avancer la discussion, et j'annonçai en même temps que nous avions l'intention de faire entrer la littérature dans le cinéma, avec la collaboration d'Émile Augier, de Jean Giono, de Roger-Ferdinand, de Marcel Achard et de grands comédiens de théâtre.

Enfin, je sommai nos adversaires de produire quelques arguments, et de nous proposer au moins une esquisse de leurs théories : ils ne réagirent que faiblement et leurs réponses furent parfois comiques.

Le cinéaste de *La Vie toulousaine*, qui était au premier rang de nos adversaires, faisait preuve d'une tenace antipathie; mais il manquait de suite dans les idées.

En effet, il écrivait ceci :

« Les affirmations de M. Pagnol peuvent être parfaitement tenues pour gratuites. Il écrit : " Le public, dans le monde entier, abandonnera le film muet. " C'est tout. C'est à prouver. »

Comme je cherchais des preuves à lui fournir, sous la forme d'irrécusables statistiques, je m'aperçus que dans le même article, quelques lignes plus loin, il disait tout à coup :

« Je ne défends pas le cinéma muet : il est mort. »

Il y eut aussi M.B., du *Soir de Nantes*, qui voulut me donner une leçon de modestie.

En réponse à un article « Le cinéma, art mineur », qui parut dans *Candide* en 1934, il riposta gaillardement :

« M. Pagnol voudrait peut-être voir le metteur en scène s'effacer avec une humilité passionnée devant son génie, mais il nous semble qu'un Duvivier ou un René Clair n'ont pas moins de talent que l'auteur de *Fanny* et sans doute beaucoup plus de modestie.

« Non, monsieur Pagnol, le cinéma n'est pas un art " mineur ". Il se suffit à lui-même, sans le concours d'hommes de théâtre tels que vous. Vous cherchez en lui un moyen de suppléer à la faillite du théâtre, faillite qui sera un peu votre œuvre. Mais nous espérons, pour le cinéma français, qu'il aura su se passer de vous.

« Mais si vous avez de l'esprit, vous n'êtes pas le seul, et *Le Million*, bien qu'il ait été écrit par René Clair, fera peut-être une plus longue carrière que la plus célèbre de vos pièces. »

M. B., du *Soir de Nantes*, se trompait assez gravement, et son exemple était bien mal choisi.

En effet, il est vrai que René Clair, avec beaucoup d'esprit et une parfaite maîtrise, a mis à l'écran *Le Million*, et que le film eut un grand succès, mais ce *Million* était une comédie de Georges Berr et Louis Verneuil, qui avait d'abord triomphé sur la scène. C'était une œuvre théâtrale interprétée par le cinéma, et sa réussite, célébrée par M.B., prouvait que M.B. lui-même était, sans le savoir, de notre avis.

D'Artagnan, à bout d'injures et constatant leur inefficacité, voulut hausser le ton, et se mit à philosopher à sa manière, dans un langage surprenant :

« Pagnol s'efforce de troubler le liquide où macère le plasma cinématographique : c'est de bonne guerre. Les confrères rigolent qui constatent la pauvreté de sa rhétorique, sa parfaite ignorance des beautés de l'ellipse, de la métonymie, de tout ce que le cinéma suggère sans jamais appuyer. »

J'offris aussitôt de jurer, devant ces rigolants « confrères », que je n'avais jamais eu l'idée atroce de troubler la macération du plasma du cinéma, mais je ne reçus point de réponse.

Enfin *La Vie toulousaine* nous donna un résumé de

sa doctrine qui ne me parut pas solidement établie :

« Dans un film, voyez-vous, il doit y avoir un rythme, un enchaînement, un espace que n'a pas votre théâtre. Un film, ce doit être, et ce sera une symphonie d'images et de sons groupés et mélangés selon des lois encore vagues, mais qui n'ont rien à voir avec vos dialogues qui auront vite fait de lasser le public.
« Oui, m'sieur Marcel.
« Faites du commerce, tant que vous voudrez. »

Cependant le succès des films vraiment parlants s'affirmait brutalement. Quelques critiques de second rang prirent alors leur meilleure plume pour exposer enfin la théorie du vrai cinéma, qu'ils appelèrent le « cinéma-cinéma », ou le « cinéma pur ».
Leurs dissertations nous enseignèrent que le cinéma pur, c'est la poursuite de la diligence, le naufrage, la charge de cavalerie, la course de chars, l'incendie de Troie ou de Rome : réalisations grandioses, dont la difficulté principale est la découverte d'un commanditaire. Il était d'ailleurs visible que ces théoriciens mouraient d'envie de devenir metteurs en scène, quand ils ne l'étaient pas déjà, et que, rêvant de s'illustrer dans l'art nouveau, il lui fixaient d'avance des limites qu'ils savaient ne pas pouvoir dépasser.
Enfin, *La Cinématographie française*, qui était la plus sérieuse revue de la corporation, intervint tout à coup dans le débat, par un article de son directeur, A. P. Harlé.

« Sous le titre *Cinématurgie de Paris*, Marcel Pagnol, plus en verve que jamais, enterre le théâtre et entreprend de nous démontrer que les formes actuelles du cinéma lui semblent périmées.

« Les arguments du novateur sont tantôt d'une rudesse à laquelle la corporation est peu habituée, tantôt d'une subtilité qui est bien près de nous séduire. »

Comœdia, notre quotidien qui n'a jamais été remplacé, fit enfin entendre sa voix.

« Sans vouloir prendre une par une les assertions de Marcel Pagnol (il faudrait un livre), comment ne pas s'étonner des cris de fureur qui ont accueilli le manifeste de la *Cinématurgie*? Pour ma part, je le crois appelé à un retentissement mondial et je pense qu'il aura, qu'il a déjà un effet bienfaisant, car il contraint le cinéma à dresser le bilan de ses possibilités artistiques. » *Comœdia*, 15 janvier 1934.

Le vent tournait, et *Cinémonde* prit discrètement notre parti.

« Tant de ratés de la littérature se sont insurgés récemment contre les opinions jugées subversives de Marcel Pagnol qu'il convient de les reprendre aujourd'hui avec plus d'attention. »

Enfin *D'Artagnan* lui-même, retrouvant tout à coup la loyauté d'un vrai mousquetaire, cessa de philosopher à sa façon, et parla clairement, en approuvant toutes les critiques que j'avais adressées au film muet.

« Qui niera la déconcertante réalité de ces affirmations? Quelles sont les lois de notre art? Son esthétique? Sa technique? Nous sommes-nous jamais mis d'accord sur ces points? Pis encore : avons-nous jamais essayé d'y mettre un peu d'ordre, de les saisir, de les classer, de les préciser? De créer un système, une méthode logique? D'aboutir à une théorie de l'art cinématographique? » 17 février 1934.

Les augures - je veux dire les grands critiques - se taisaient toujours. Alors, un hebdomadaire de notre profession, *Hebdo*, s'en étonna :

« Pagnol a très nettement appelé en champ clos les auteurs de films, qui, jusqu'ici, ont été " tout " le cinéma. Il les affirme en mauvaise voie et nie leur science. Je m'étonne qu'aucun d'eux, parmi les plus notoires, n'ait relevé le gant et demandé l'hospitalité, toujours si accueillante, de nos colonnes, à mes confrères et à moi, pour opposer des théories expérimentées à l'expérience toute neuve de leur courageux adversaire. Ce ne sont pourtant pas les talents d'écrivain qui manquent dans la cohorte de nos réalisateurs! Si leur silence n'est fait que d'indifférence, c'est d'une profonde et maladroite injustice. »

Ainsi requis, les vrais cinéastes prirent enfin position : Lucien Wahl, Emile Vuillermoz, René Bizet, René Clair nous exposèrent leurs théories.

Emile Vuillermoz, qui était un musicographe éminent, commença par admettre très franchement que le film parlant était un art nouveau, et « entièrement différent » du film muet, et qu'il était tout à fait de mon avis sur ce point; mais il déclarait ensuite que le muet avait produit d'« hallucinants chefs-d'œuvre », qu'il avait réussi « à faire parler les pierres, à faire chanter les paysages, à donner une voix enchanteresse et persuasive à la nature. Ces voix, il était même arrivé à les superposer, à les entrecroiser, à en tirer des polyphonies aussi savantes que celles de Palestrina. C'est par ce contrepoint visuel que s'exprimait l'âme des choses ».

Il avait sans doute raison de défendre la musique des images, mais il allait un peu loin lorsqu'il disait :

« Oui, une honnête carafe, bien éclairée, qui surgit brusquement à la minute opportune peut constituer une trouvaille dramatique de premier ordre... Neuf fois sur dix la parole ne pourra pas lutter avec le pathétique profond de la musique des belles images. »

Il défendait en somme le film muet, qu'il rattachait à son seul amour : la musique. Je répondis que je n'attaquais pas le film muet, mais qu'à mon avis, il allait être définitivement remplacé par le film parlant, et qu'au surplus, je n'interdisais à personne de faire des films muets, tandis que mes adversaires prétendaient me défendre de réaliser des films parlants.

Lucien Wahl, qui écrivait dans *Pour vous*, était un critique très lu; il avait depuis longtemps une grande influence sur la corporation : je dois dire qu'il méritait ce crédit.

Il me donna raison sur un point : le parlant n'est pas un perfectionnement du muet; mais il faisait cet aveu sur un ton qui ne révélait pas une grande estime pour le nouvel art...

Les Lumières de la ville, du grand Chaplin, venaient de paraître à l'écran. C'était un événement considérable : le plus illustre des champions du muet intervenait, par son œuvre, lancée, comme d'ordinaire, à grand bruit.

Le film était fort bien réussi, mais c'était une sorte de monstre. Un film parlant qui ne parlait guère, un film muet qui parlait trop...

L'un des épisodes les plus comiques était le « gag » du sifflet.

Charlot avalait par mégarde un sifflet : ce corps étranger lui donnait aussitôt le hoquet. A chaque spasme, un faible coup de sifflet sortait de sa petite personne, au grand étonnement de ses interlocuteurs. La scène était vraiment fort drôle, et le public en riait aux larmes.

Lucien Wahl ne put admettre ce succès sonore et il alla jusqu'à écrire ceci :

« Eh bien, non! Pour qui aime le cinéma, le gag du sifflet perdait de sa drôlerie, *parce que* l'on entendait le sifflet. Au temps du muet, nous aurions dû à ce moment entendre une musique d'accompagnement quelconque, mais surtout ne percevoir aucun sifflet. L'image aurait dû nous donner l'illusion d'audition. »

On se demande vraiment comment il eût été possible de créer cette « illusion d'audition », et surtout pourquoi le son du sifflet devait être considéré comme une véritable incongruité.

En réalité, pour Lucien Wahl, fervent défenseur du muet, le très grand effet de ces petits coups de sifflet prouvait l'efficacité du nouveau moyen d'expression, et annonçait la fin du muet.

Il ne s'agissait donc pas d'incongruité, mais d'une trahison, et son amour pour l'art qui allait disparaître inspirait à ce brillant critique une affirmation inacceptable...

René Bizet, qui fut un esprit très fin et très ouvert, écrivit ceci :

« Le cinéma, qu'on le veuille ou non, a un rythme, et cela est si évident qu'on a mis, quand il était muet, de la musique sous ses images. »

Il est faux que le cinéma n'ait qu'un rythme : il les a tous, et le grand art du cinéaste sera précisément de choisir le rythme qui convient à l'œuvre qu'il doit porter à l'écran.

René Bizet faisait ensuite une profession de foi, qui était – enfin – le commencement d'une théorie. Il disait :

« Les paroles doivent être aujourd'hui comme une sorte de musique de ces images-là. »

Ce qui signifiait que leur sens avait peu d'importance : elles devaient seulement remplacer le pianiste d'autrefois. Seule l'image devait raconter l'histoire.

Il concluait enfin avec force :

« Il y a un fait incontestable, indéniable : une image est une image, et reste une image, et l'esthétique d'un art d'images n'est pas la même que celle de l'art dramatique. » *L'Antenne*, janvier 1934.

Je lui répondis aussitôt :

« Cher René Bizet, ne vous mettez pas en colère. Oui, une image est une image ; je crois même, comme vous, qu'une image restera une image. Qui a jamais dit le contraire ? Nous sommes d'accord, une fois de plus. Mais quand vous affirmez que le cinéma est un art d'images, il est bien évident que vous parlez de feu le cinéma muet. »

Il continua toute sa vie, qui fut trop courte, à regretter le film muet, tout en acceptant le parlant.

Vint ensuite René Clair, qui était mon ami depuis *Paris-Journal*, en 1922.

C'était un jeune homme très distingué dont j'admirais l'élégance et le talent.

Il portait des cols très hauts, et très durs, dont la fente étranglait une cravate délicate, pendant que le col l'étranglait lui-même.

Il inventait, à cette époque, l'art du film muet : car il me semble que pour raconter une histoire avec des images, personne n'a jamais surpassé René Clair. Je le crois l'égal de Chaplin – en tant qu'auteur, bien entendu.

La naissance du film parlant aurait pu être pour lui une catastrophe : il en a triomphé avec une aisance admirable. Mais, sur le coup, il se crut en danger. Son art, cet art dont il était le maître incontestable, son art s'effondrait sous ses pieds.

Il en conçut une certaine amertume, que ses grands succès dans le film parlant ont effacée : il ne lui reste aujourd'hui que de vagues regrets.

Il me prit à partie dans *Candide* :

« Il est certains esprits que la nouveauté désempare et pour qui une conception neuve n'est compréhensible que si elle est habillée des défroques du passé. Ainsi beaucoup d'auteurs dramatiques ne peuvent admettre que le cinéma existe. Ils ne lui reconnaissent quelque droit à l'existence que s'il ressemble au théâtre, que s'il obéit aux vieilles routines de la scène. »

Je lui répondis que tous les auteurs dramatiques saluaient avec joie l'avènement du film parlant, tandis qu'il niait lui-même l'existence de cet art nouveau et que ce qu'il appelait « les défroques du passé », c'était précisément, pour tout le monde, le cinéma muet, dont il refusait de célébrer les funérailles.

Cette querelle, qui retentissait de temps à autre dans les journaux, dura verbalement plusieurs années. Nous avons longuement échangé des sarcasmes à travers des tables de café, ou par-dessus des maîtresses de maison, ou d'un bout à l'autre du Kiwi, le bateau de pêche de notre ami Madré (Aristide), au large de Saint-Tropez.

Il se servait de sa férocité glacée – qui m'a toujours fait grande impression –, mais il affaiblissait l'autorité de son discours en parlant trop souvent de la sardine qui a bouché le port de Marseille. J'ai remarqué, en effet, que toute allusion à cette sardine baleinière annonce, chez celui qui s'en sert, un collapsus imminent de l'argumentation.

J'attendais donc qu'il y arrivât pour lui sauter à la gorge (au figuré) et pour piétiner le film muet jusqu'à le faire crier.

Notre amitié n'en fut point troublée, je dirai même qu'aujourd'hui ce brûlant sujet de conversation nous manque, car ayant fait un pas l'un vers l'autre, nous sommes parfaitement d'accord sur les principes de notre art.

Cependant, il fut bientôt évident que les théories des grands cinéastes se bornaient à faire l'éloge du muet, ou plutôt son oraison funèbre. Duvivier, Jean Renoir et René Clair lui-même réalisaient des films vraiment parlants, chaleureusement accueillis par le public, et plusieurs critiques, à bout d'arguments, commençaient à reconnaître leur défaite. L'un d'eux écrivit même naïvement :

« Ce qu'il y a de terrible dans le cas de Pagnol, c'est que ses films ont un grand succès. »

Pourquoi terrible? Je n'étais heureusement pas le seul dans ce cas et ce n'était pas par méchanceté pure que j'avais essayé de faire parler le film parlant.

Il ne restait plus que le chœur des petits journaux : ils ne renoncèrent pas à la polémique, mais la réduisirent à une seule affirmation.

« Malheureusement, il ne comprend rien au cinéma. » *L'Assaut*.

« M. Pagnol, qui a montré en matière de théâtre une véritable supériorité, démontre magnifiquement qu'il ne comprend rien au cinéma. » *Cinéma-Spectacles*.

Ce « slogan » fut immédiatement adopté et répété en chœur par un grand nombre de « critiques » qui n'avaient rien d'autre à dire.

Je leur répondis avec une parfaite sincérité.

« J'ai toujours admis, messieurs, que je ne savais pas grand-chose des lois nouvelles de cet art nouveau. Mais vous-mêmes qui parlez en maîtres, ces lois nouvelles, les connaissez-vous? Qu'attendez-vous donc pour me les enseigner? Je ne demande qu'à m'instruire, mais je doute fort de votre science. En effet, je vois parmi vous bon nombre de " journalistes " de mon âge, qui n'ont fait parler d'eux qu'en parlant des autres, je vois des " cinéastes " qui eurent parfois l'honneur de porter les valises du cameraman. Il me semble même reconnaître le style de quelques chefs de publicité, champions de l'affirmation gratuite mais largement payée. Je ne méprise point cruellement cette profession : je ne la considère pas non plus comme un apostolat parfaitement désintéressé. Allons, messieurs, montrez-nous vos papiers : il y a de faux policiers : vous n'êtes peut-être pas de vrais critiques. »

A cette harangue, nul ne répondit, mais ils se concertèrent à voix basse, puis ils s'écrièrent en chœur :

« Il ne comprend rien au cinéma! Il ne comprendra jamais rien au cinéma! »

Ce chœur, qui chanta pendant plusieurs années, me donna plus d'importance que je n'en méritais, et fut fort clairement démenti par l'amitié du public; mais ce qui me vexa et me peina, ce fut l'attitude des auteurs dramatiques : se croyant menacés par le nouvel art qui allait leur apporter la gloire et la fortune, ils continuaient à me désavouer, soutenus par les gens de théâtre. Voici deux citations qui donnent le ton de la presse.

« Enfant gâté, enfant ingrat, Marcel Pagnol a donc le grand tort d'esquisser la danse du scalp en proclamant la mort du théâtre. Comme galéjade, ça manque un peu d'allure, et l'auteur auquel *Topaze* et *Marius* ont valu des millions mérita la leçon que lui infligea Pierre Wolff, son ancien. Il est malséant de cracher sur le seuil d'une maison où l'on a été bien traité et de faire claquer les portes en sortant... » *La Vie parisienne*.

« M. Marcel Pagnol ressemble à ces enfants gâtés qui finissent par prendre leurs parents en grippe à cause de leur indulgence même. Il a trop reçu du théâtre pour n'être pas ingrat envers lui. Le théâtre ne s'en portera pas plus mal pour cela, et quand il l'aura constaté, M. Pagnol, en homme avisé qu'il est, reviendra à ses premières amours. » *Nation belge*, 1ᵉ janvier 1934.

Ainsi, renié par les miens, et honni par les cinéastes, je compris enfin que je parlais aux pires sourds, et qu'ils ne pouvaient rien m'apprendre, parce qu'ils ne savaient rien.

La véritable bataille se livrait sur les écrans... Je repartis donc pour ma province, où mon équipe mal contente jouait aux boules dans le jardin des studios.

Toute la machinerie était prête : les caméras, les appareils du son, la menuiserie, l'atelier de mécanique, la forge, l'atelier de peinture, l'entrepôt des accessoires, les laboratoires de développement et de tirage, les salles de montage, les deux salles de projection : nous pouvions réaliser de grands films sans faire appel à personne, et la production fut immédiatement mise en train.

C'est pendant la réalisation d'*Angèle* et de *César* que je réfléchis longuement aux possibilités du nouvel art, à sa technique, à son essence. Entre deux prises de vues, ou dans les salles de montage, je prenais des notes que je développais le soir. C'est ainsi que j'établis, à mon usage, une théorie et une technique du film parlant, que je veux soumettre au lecteur.

4

La première invention de l'homme, celle qui est à la base de toute la civilisation, c'est certainement le langage.

Le langage, c'est le moyen de communiquer sa pensée aux autres hommes et de la confronter avec la leur.

Mais la parole meurt à mesure qu'elle naît, et pendant sa très courte vie elle ne peut franchir que de faibles distances.

La nécessité de transmettre des idées et des sentiments à travers la distance et le temps fit naître une invention nouvelle : l'écriture.

La première écriture fut très certainement l'écriture idéographique, c'est-à-dire le dessin, ou plutôt la gravure.

Il nous est impossible de savoir comment le premier parleur exprima, par des sons, l'idée de « lion » : il est toutefois permis de supposer qu'il imita de son mieux un rugissement; mais nous savons que le premier scripteur, pour conserver cette idée à travers le temps et la distance, grava, sur un galet poli, le mufle du roi des animaux.

Cette écriture était en somme une nouvelle langue écrite.

Parce qu'elle n'avait aucun rapport avec la langue parlée, elle pouvait être comprise par toutes les tribus, mais il me semble que l'adjectif idéographique la qualifie fort mal, parce qu'elle est fort peu capable de fixer ou de transmettre des *idées*. Elle ne peut écrire que des *faits*, et il lui est même très difficile de fixer leurs rapports entre eux.

Certes, il arrive qu'un petit croquis en dise plus long qu'un grand discours, mais l'on ne peut imaginer une édition idéographique de la *Critique de la raison pure*, d'*Andromaque*, ou d'un manuel de droit fiscal.

C'est pourquoi elle dut un jour céder la place à l'écriture phonétique, dont nous reparlerons plus loin, mais elle ne disparut pas entièrement : elle survécut dans les enseignes des boutiques, dont l'usage cessa lorsque tout le monde sut lire. Elle survit encore petitement avec ces flèches qui indiquent la sortie, dans des dessins humoristiques sans légende, dans les graffiti des escaliers de service, et parfois dans les vespasiennes... On la croyait définitivement condamnée à ces très modestes usages, lorsque, à la fin du siècle dernier, deux découvertes scientifiques conjuguées la ressuscitèrent et lui assurèrent une éblouissante renaissance.

En effet, en 1829, Niepce et Daguerre inventèrent la photographie, c'est-à-dire la machine à copier les images réelles en une fraction de seconde, ce qui eût grandement allégé le travail des ouvriers idéographes.

Puis, en 1895, ce fut le miracle : les frères Lumière inventèrent le cinéma. C'est-à-dire qu'aux images immobiles, qui étaient le seul moyen d'expression de cette écriture, ils ajoutèrent le mouvement dans une suite d'images.

L'antique idéographie, merveilleusement enrichie,

se mit à raconter des histoires et le cinéma muet, pendant quarante ans, fut la première et la plus commune distraction des foules.

Il trouva des acteurs tout prêts, et même un stock d'œuvres toutes prêtes, qu'il allait pouvoir imprimer et diffuser : les mimes et les pantomimes, qui étaient depuis des siècles la forme muette du théâtre : il devint, avec un grand succès, leur éditeur.

De l'écriture idéographique, il avait tous les avantages.

Le premier, c'était d'être une écriture internationale.

Le second, c'était son impuissance à exprimer des idées précises ou des sentiments nuancés. Il permettait ainsi la collaboration du spectateur, qui lisait le film selon son humeur, sa culture, sa sensibilité personnelle.

Mais les défauts de la vieille idéographie, le manque de précision, l'impossibilité d'exprimer des rapports d'idées, de sentiments, ou de personnages, forcèrent le film muet (si fier pourtant d'être muet) à capituler : il emprunta très vite, et très humblement, les petits signes de l'écriture phonétique, et il imprima, en blanc sur noir, des sous-titres, qui étaient l'aveu de son impuissance.

Cet art infirme a disparu depuis déjà plusieurs années; il est peu vraisemblable qu'il renaisse jamais. Son existence n'a pas été inutile. S'il n'a pas laissé beaucoup d'œuvres dramatiques d'un grand intérêt, il a inventé et mis au point une très précieuse technique de l'utilisation de l'image, qui complète et précise le verbe, il a créé de toutes pièces des appareils, des machines, des procédés, des techniques qui ont permis la naissance et le triomphe du film parlant.

Revenons maintenant en arrière, à l'invention de l'écriture phonétique, la nôtre.

Nous ne savons ni le lieu ni la date de sa naissance, et de véritables savants ont échangé à ce sujet de retentissantes invectives, au moment de l'affaire de Glozel, au cours de laquelle deux clans d'archéologues s'affrontèrent devant les tribunaux; l'affaire fit grand bruit, jusqu'à intéresser une jeune personne dont la curiosité était plus grande que la vertu. Comme elle me demandait des éclaircissements sur la naissance de notre écriture, j'improvisai un conte à son usage.

Un jour – il y a des milliers d'années – deux sculpteurs égyptiens étaient en haut d'un échafaudage, qui montait en spirale autour d'un obélisque. Ces deux sculpteurs étaient fort occupés à graver dans la pierre dure une épitaphe publicitaire pour un Pharaon mort depuis six mois.

On voyait bien que c'étaient des Égyptiens, parce qu'ils avaient les épaules beaucoup plus larges que le derrière; il y en avait un plutôt vieux, avec une barbe grisette; l'autre était jeune et rasé de frais.

Le jeune sculpteur, qui venait de graver, d'un trait sûr, un étonnant dessin obscène pour symboliser la fécondité du défunt, se tourna vers son compagnon, et lui demanda (en égyptien) :

– Qu'est-ce que je fais, maintenant?

Le maître déplia un papyrus, chercha un instant, et lui répondit, d'un ton sans réplique :

– Maintenant tu vas graver un lion.

Le jeune sculpteur parut inquiet.

– Pourquoi un lion?

– C'est le courage de l'auguste défunt.

Le jeune sculpteur, consterné, se grattait le sommet du crâne, que le soleil d'Égypte faisait fumer. Et tout à coup, déposant son burin et sa massette, il leva les bras au ciel dans une crise de désespoir.

– Encore un lion! Toujours des lions! Des lions sur chaque tombeau, sur chaque temple, sur chaque obélisque! Et les lions, moi justement, je ne saurai jamais les faire! Je réussis très bien les femmes nues, avec de beaux tétons pointus; je n'ai pas de rival pour les glaives, les balances, les vieillards, les brouettes, mais les lions, je n'en sors pas. C'est à cause de ces lions qu'on me met à la porte partout! Le corps, à la rigueur, ça peut aller encore, mais c'est quand il faut que je grave ce gros paquet de poils qui couronne leur tête. J'ai beau m'appliquer, ça fait pitié. Plus je fignole, plus ça s'embrouille. A la fin, on ne peut pas savoir si j'ai fait un lion ou un frottadou, comme ils diront plus tard en Provence, dans dix mille ans, quand ils s'en serviront pour laver la vaisselle. Encore un lion, ça me décourage. Je ne le fais pas. Ils ont trop de poils, et je ne suis pas le douanier Rousseau.

A ces mots, le maître le regarda d'un air pensif, et déplia de nouveau le papyrus, puis il dit en égyptien :

– Sur les plans du dessinateur, et sur le devis que j'ai fait, il y a bel et bien un lion, et tu dois le graver maintenant. Nous n'avons pas le droit de le couper. Si nous commettions un tel sacrilège, nous aurions les pires ennuis. L'âme du Pharaon défunt nous accablerait de malédictions durables, sans parler de son fils, qui nous ferait au moins écorcher vifs.

A ces mots, prononcés pourtant sur un ton paisible, le jeune sculpteur trembla d'abord de tous ses membres; mais peu à peu son visage se recomposa. Enfin il dit d'une voix rassurée :

– Bien. Je ne graverai pas l'image d'un lion. Mais l'idée du lion y sera tout de même, et le devis sera exécuté.

Le maître à la barbe grisette haussa les épaules, reprit son burin et sa massette et se mit en devoir de terminer dans la dure pierre les écailles d'un tout petit serpent, auquel il travaillait depuis deux jours. Comme il finissait la dernière, au bout de la queue, le jeune sculpteur l'appela, et lui dit :

– Regarde !

Dans le rouge porphyre de la colonne, il avait gravé très profondément les signes que voici :

LION

Le bon maître, à travers son teint basané, devint tout pâle. C'était un homme qui ne criait jamais. Mais, dans ses moments de colère, il parlait à voix basse avec une grande intensité.

Il murmura donc, avec une intensité effrayante, ces paroles précises :

– Ces lignes inutiles n'ont aucun rapport avec le roi des animaux. Il est même impossible de les considérer comme des traits préparatoires à un dessin futur. Il est donc indispensable de les effacer. Or nous ne possédons pas la gomme élastique, qui ne sera inventée que dans sept ou huit mille ans. De plus, sur cette pierre, et sur ces traits profondément gravés, elle ne servirait à rien. Il faut donc tout recommencer, et même acheter un autre obélisque. Tu ignores, mon pauvre enfant, qu'un obélisque vierge coûte un prix fou, et que, dans notre devis, c'était la fourniture la plus chère.

Il prit un temps, et dans un chuchotement tragique il ajouta :

– Tu m'as ruiné.

Le jeune sculpteur se mit à sourire. Il fit un pas

sur les planches de l'échafaudage, qui plièrent gracieusement sous son poids, et il dit :

– Maître, mon bon maître, il n'est pas nécessaire d'effacer ce petit dessin géométrique, car il signifie, très exactement :

LION

– Mais où? Quand? Comment? Pourquoi? s'écria le maître.

– Pourquoi? dit le jeune homme, parce que *je le veux*, parce que j'ai décidé que les deux premiers signes sonneraient comme LI, et les deux derniers comme ON. Ce qui fait LION.

– Mais, dit le maître, qui le saura?

– Tous ceux qui l'apprendront, dit le jeune homme avec simplicité. D'ailleurs, vous le savez déjà et vous ne l'oublierez pas de sitôt. Prêtez-vous, mon bon maître, à une expérience décisive.

Alors, il lui montra du doigt les signes qu'il avait gravés, et il dit d'une voix capiteuse :

– Maître, que veulent dire ces signes dans mon esprit?

– Ils veulent dire LION, dit le maître, mais c'est dans ton esprit d'imbécile.

– Dans le vôtre aussi, dit le jeune homme, puisque en les regardant vous avez prononcé le mot.

– Mais, s'écria le maître, triste idiot, graveur puéril, destructeur de devis, nous ne sommes que deux à connaître ce secret ridicule. Comment les autres hommes le sauront-ils?

Le jeune sculpteur mit sa main droite sur son cœur, et dit d'une voix naturelle :

– Il est nécessaire, d'abord, de compléter ces quatre signes. Il faut en inventer – je le pressens – au moins vingt-quatre dont l'ensemble formera l'alphabet. Chacun de ces signes correspondra – parce que je le veux – à un son. Puisque nous sommes bien avec le Pharaon, je vais lui en parler ce soir. Il ouvrira des écoles communales qui seront gratuites et obligatoires. Dans ces écoles, de jeunes hommes enseigneront aux enfants les vingt-quatre signes qui représenteront des sons. Ces signes n'auront naturellement aucun rapport avec les sons qu'ils représentent, sauf les pensums, retenues, réprimandes, gifles et torgnoles que nous distribuerons aux enfants distraits. Entre les sons et les signes, ces tortures bienfaisantes serviront de liens, si bien qu'un jour tout le monde saura lire – et comme ces signes ne sont que des traits, il sera sans doute possible de les dessiner sur des planchettes, et tout le monde saura écrire. Venez tout de suite avec moi demander audience à notre Pharaon, et notre civilisation fera un bond prodigieux.

– J'aimerais mieux, dit le bon maître, que tu y ailles tout seul, car ce bond prodigieux, c'est peut-être toi qui vas le faire dans le bassin des crocodiles. Il est donc nécessaire que je te survive pour propager secrètement ta grandiose invention.

– J'irai donc seul, dit le vaillant jeune homme, et il se laissa glisser jusqu'au sol.

Que se passa-t-il ensuite? Fut-il dévoré par les crocodiles? Nous n'en savons rien, mais l'écriture phonétique venait de naître, et elle allait transformer le destin de l'humanité.

Le grand avantage de ce système de signes, c'est qu'il écrit non point les pensées ou les images, mais la langue même que nous parlons, et qu'il a permis d'en traduire tous les perfectionnements.

D'autre part, parce qu'il n'employait que peu de signes, il permit l'invention de l'imprimerie.

Au contraire de bien des gens, je pense que cette invention n'est pas un miracle. L'idée même en existait depuis fort longtemps, et les Grecs ni les

Romains n'avaient attendu Gutenberg pour imprimer leurs sceaux et leurs cachets sur leurs lettres confidentielles. De même, la frappe de pièces ou de médailles n'était rien d'autre que de l'impression, au sens propre du mot. Le génie de Gutenberg fut d'assembler divers sceaux sur lesquels étaient gravés les signes phonétiques. Le cycle était donc achevé, notre civilisation était née.

L'écriture phonétique est donc une réussite totale, un moyen d'expression parfait pour toutes les idées qui n'ont pas besoin d'être parlées, pour les grands livres qu'on ne lit pas à haute voix.

Le timbre de Sarah Bernhardt elle-même ne peut rien ajouter à certaines écritures, qui traduisent le plus pur et le plus clair de l'esprit des hommes.

– La somme des trois angles d'un triangle est égale à deux angles droits.

– Tout corps plongé dans l'eau reçoit une poussée verticale et dirigée de bas en haut égale au poids du volume d'eau qu'il déplace.

– Quiconque cause à autrui un dommage est tenu de le réparer.

– Ainsi que le cercle, étant présenté à un point lumineux, donne par son ombre toutes les courbes de second degré, de même les cinq paraboles divergentes donnent par leur ombre toutes les courbes du troisième degré (Newton).

– *Plurimae leges, pessima Respublica* (Tacite).

Ainsi la plus haute et la plus noble fonction de l'écriture phonétique, c'est celle qu'elle remplit le mieux. Le penseur, le mathématicien, le médecin, le juriste écrivent plus complètement et plus précisément qu'ils ne parlent. Il est facile de remarquer qu'un théorème, une loi physique, un principe de droit, si on les entend pour la première fois, ne seront pas compris. Le son d'une voix les trouble, comme un étang le poids d'une pierre : le disciple ouvre vite son livre, il cherche la page et la ligne, il pose son front sur ses mains. Il se tait, son visage s'éclaire : les petits signes noirs, nés de l'esprit des hommes, viennent de porter à un homme le message de la pensée. C'est ainsi qu'éternellement la science des maîtres passera dans le cœur des disciples, dans un grand silence attentif, comme cette huile rousse de mes collines qui coule du pressoir dans la jarre par un long fil d'or immobile, sans faire de bulles, sans faire de bruit.

Cependant, l'humanité, en général, n'a pas que des idées. Elle a aussi, et sans aucun effort, des sentiments.

Le poète du temps jadis, l'aède, chantait et jouait ses poèmes sur la place publique. Il est probable que par les mots, le chant et le mime, il donnait aux auditeurs-spectateurs toute son émotion.

Mais ce procédé de transmission ne pouvait lui assurer une gloire mondiale ni éternelle.

D'abord, il ne chantait qu'en un seul endroit à la fois, et le nombre de ses auditeurs était limité par un cercle dont le rayon ne pouvait dépasser la portée de la voix de l'auteur-acteur.

D'autre part, son œuvre mourait à mesure qu'elle naissait; elle était, chaque jour, à refaire.

Or, l'aède ressentait déjà, et sans doute avec force, ce désir de gloire universelle et éternelle qui dévore les nuits du véritable écrivain.

Dès qu'il eut appris l'alphabet, il vendit sa lyre pour acheter des plumes et, de chanteur ambulant, il se fit écrivain assis. C'est alors que naquit la littérature, que l'on appelle aussi les belles lettres.

L'aède, la plume à la main, vit du premier coup que l'écriture n'exprimait que les idées. Or, des idées, les aèdes n'en ont pas beaucoup, et le public n'en est pas spécialement friand. L'aède voulait exprimer l'amour, la colère, la pitié, la luxure, la gourmandise, c'est-à-dire les passions : c'est dans ce but qu'il essaya de perfectionner l'art d'écrire.

Il le compléta d'abord graphiquement, c'est-à-dire par de nouveaux signes. Je lui attribue sans hésiter les points de suspension et le point d'exclamation. Nous savons bien qu'il n'y a pas de point d'exclamation dans les traités de géométrie ni dans le code civil. Il inventa peut-être aussi la virgule, le point-virgule, et certainement la rime, qui n'est pas autre chose qu'un signe de ponctuation pour l'oreille.
Puis, ayant enrichi, autant que faire se pouvait, la graphie, l'aède insatisfait invente le style.
Le style c'est une façon d'écrire calquée sur la façon de penser d'un aède. C'est aussi un ensemble de procédés et de trucs qui ont pour but de compléter l'écriture : il y a des tournures de phrases, des emplois de mots qui sont aussi conventionnels qu'une lettre. Les grands écrivains, tour à tour, ont fabriqué leur style, pour dire ce qu'ils avaient à dire. Et le style est si bien le complément indispensable de l'écriture, que l'on dit d'un écrivain : « Il écrit bien », et parfois même, on a dit, au lieu de « style », l'« écriture ». Ce sont les stylistes les plus fervents, les frères Goncourt, qui ont inventé – et baptisé – l'« écriture artiste ».

Ainsi, l'ensemble des écrivains, et chaque écrivain en particulier, a travaillé à compléter l'écriture phonétique. Il nous reste, dans la littérature de tous les temps et de tous les pays, de très nombreux exemples de réussites, que nous appelons chefs-d'œuvre.
Et cependant, malgré les efforts de plusieurs siècles, tous ces chefs-d'œuvre sont incomplets, c'est-à-dire qu'ils ne rendent pas entièrement les pensées

ni les sensations de l'auteur à cause de l'imperfection du moyen employé.

Voici, pour notre écriture, quelques difficultés insurmontables.

Beaucoup de sons ne peuvent être fixés sur le papier, malgré le grand nombre de lettres, de signes et d'associations de lettres que nous employons.

Des expressions comme un « coup de sifflet », un « cri », un « aboiement » sont extrêmement vagues, et pour ainsi dire schématiques. Il y a des millions de cris et d'aboiements de chiens. Si je voulais décrire l'aboiement que précisément je viens d'entendre dans la cour, sous les platanes des studios, et vous en donner l'exacte sensation, je pense qu'une dizaine de pages me seraient indispensables.

Si je m'y appliquais et si le lecteur avait la patience de les lire, nous serions ensuite d'accord pour reconnaître que l'effort de l'écrivain et celui du lecteur auraient considérablement dépassé l'importance du résultat.

De même, l'écriture phonétique n'a jamais pu noter le rire, autrement que par « Ha ha! », « Hi hi! » et « Ho ho! », ce qui est nettement insuffisant; elle n'a jamais pu transmettre l'intonation, ni l'accent d'une phrase, ni la vitesse, ni le rythme du récit.

Quant aux images, elle fait penser à l'araignée qui, armée d'un seul fil, tourne autour de la proie avec une agilité fiévreuse et doit en faire cent fois le tour pour la maîtriser.

Dans une page admirable, Marcel Proust, réduit au seul moyen dont il disposait, la mince et filiforme écriture phonétique, nous a fait un aveu significatif à propos d'un éclat de rire de Charlus. Voici la citation :

« M. de Charlus, avec un sourire compréhensif, bonhomme et insolent, répondit : " Mais voyons ! Cela n'a aucune importance ici ! " Et il eut un petit rire qui lui était spécial – un rire qui lui venait probablement de quelque grand-mère bavaroise ou lorraine, qui le tenait elle-même, tout identique, d'une aïeule, de sorte qu'il sonnait ainsi, inchangé, depuis pas mal de siècles, dans les vieilles petites Cours d'Europe et qu'on goûtait sa qualité précieuse comme celle de certains instruments anciens devenus rarissimes. »

Soudain, malgré la virtuosité de cette description, Proust se décourage et il ajoute brusquement :

« Il y a des moments où, pour peindre complètement quelqu'un, il faudrait que l'imitation phonétique se joignît à la description. »

Il semble que, pour la première fois, ce très grand écrivain n'ait pas choisi le mot juste : il a écrit « phonétique » : il voulait dire évidemment « phonographique » : car la phonographie, depuis 1885, avait repris le problème à sa base.

Ce nouveau moyen de fixation n'utilisait aucun signe conventionnel, et il rendit possible l'enregistrement immédiat des voix, avec leur timbre, leur rythme, leurs intonations, leurs nuances, ainsi que les sons et les bruits, que l'écriture n'avait jamais pu que suggérer...
C'est ainsi que le mariage de l'idéographie, sous sa forme cinématographique, et de l'écriture phonétique, sous sa forme phonographique, nous a donné le film parlant, qui est la forme presque parfaite, et peut-être définitive, de l'écriture.

Telle est la base de la théorie qui fut si malgracieusement accueillie par la presse et les cinéastes de 1933. Je constate aujourd'hui que la nouvelle génération parle avec beaucoup d'autorité de la « caméra-stylo ». Cette expression m'enchante, car d'un « stylo » on ne peut tirer rien d'autre que de l'écriture.

Ce préambule un peu long était nécessaire pour mettre à sa place le nouvel art. Ses tenants et ses professionnels le considèrent comme un art majeur et peut-être le plus grand de tous. Je n'en crois rien. Il s'agit, sans aucun doute, d'un art mineur.

Je ne veux pas dire par là un art médiocre ou facile : mais, comme l'écriture, il n'a inventé aucun des buts qu'il nous permet d'atteindre; il utilise, comme tous les arts mineurs, des outils, des machines, des lentilles, des microphones, des projecteurs, des réactions chimiques, des techniciens. Il est dans la matière et la durée. C'est un art de réalisation.

Comme l'écriture, il peut se mettre au service de tous les arts, de toutes les sciences; il peut fixer la technique d'une opération chirurgicale, du forage d'un puits de pétrole, de recherches océanographiques. Il peut servir la géographie, la balistique, la politique, l'art oratoire, la musique, etc.

En somme, toutes les activités humaines.

Sa beauté, sa noblesse, c'est de pouvoir réaliser, avec des procédés nouveaux d'une miraculeuse richesse, l'œuvre du savant ou du dramaturge, œuvre immatérielle de créateurs sans outil.

Essayons de dire maintenant comment il peut servir l'art dramatique, qui brille au premier rang des arts majeurs.

5

L'ART dramatique utilise tous les arts, et les arts majeurs eux-mêmes deviennent mineurs lorsque la dramaturgie les emploie.

Sur la scène, et devant la scène, l'architecte, le peintre, le sculpteur, le poète, le compositeur, cessent de poursuivre les buts qui leur sont propres : ils n'ont plus d'autre mission que celle de compléter l'œuvre dramatique. C'est pourquoi, de tous les arts, l'art dramatique est, sinon le plus grand, du moins le plus complet.

Le film – qui peut grandement servir la géographie, l'histoire, la physique, la médecine, les sports, la musique, la poésie, l'architecture – a toujours prouvé sa prédilection pour l'art dramatique.

L'art dramatique, c'est l'art de raconter des actions et d'exprimer des sentiments au moyen de personnages qui agissent et parlent.

L'auteur dramatique invente ces actions et ces paroles; il imagine les décors qui leur serviront de cadre. Il crée et il fait vivre les personnages qui agissent l'action, ou qui la subissent.

Il a été servi par de nombreux arts mineurs : chacun de ces arts est constitué par un ensemble de procédés techniques et d'accessoires matériels qui permettent de réaliser la représentation de l'œuvre.

Ces arts mineurs sont :

1° L'art du théâtre, le plus ancien et le plus répandu.

Cet art est exercé par le directeur de théâtre, le metteur en scène, les comédiens, le décorateur, les machinistes, les électriciens, le souffleur, et tous ceux qui collaborent à une représentation sur la scène d'une œuvre de l'art dramatique.

2° La pantomime, qui est la forme muette du théâtre.

3° L'opéra et l'oratorio, qui en sont la forme chantée.

4° La chorégraphie, sorte de pantomime ailée, qui interprète par la danse l'œuvre dramatique.

5° Le film parlant.

Cet art est exercé par le producteur, le metteur en scène, les comédiens, le chef d'orchestre, l'opérateur de prises de vues, l'ingénieur du son, les machinistes, le monteur, les chimistes des laboratoires et les exploitants de salles.

Il est aisé de démontrer que toutes ces formes d'art ne sont que des moyens d'expression de l'art dramatique. En voici la preuve la moins discutable :

N'importe quelle œuvre dramatique peut être réalisée tour à tour par chacun de ces arts mineurs.

De tout ce qui précède, il résulte fort clairement que la valeur d'un film dépend d'abord du dramaturge.

Le cinéaste, qui vient ensuite, peut en mettre en valeur toutes les beautés, et servir l'auteur comme Rubinstein a servi Chopin, comme Chaliapine a servi Moussorgski, comme Rachel a servi Racine, comme

Bourdelle a servi Rodin; mais l'expérience prouve qu'un grand cinéaste ne peut sauver une œuvre dramatique sans intérêt, tandis qu'un cinéaste médiocre (donc prétentieux) peut ruiner un chef-d'œuvre.

Examinons sommairement les moyens par lesquels le cinéma peut servir (ou desservir) l'art dramatique.

6

AFIN de mettre en lumière les nouvelles ressources que le film parlant met au service du dramaturge, il est naturel de le comparer au plus ancien de ces moyens d'expression : le théâtre.

Il me faut d'abord résumer ici l'article de 1930, cité au début de cet essai, sur l'« unité de la salle ».

Dans une salle de théâtre, un succès réunit chaque soir mille personnes, qui ne peuvent évidemment pas s'asseoir dans le même fauteuil.

Aucun spectateur ne verra donc l'ouvrage sous les mêmes angles que son voisin, ni à la même distance.

En réalité, ceci n'a d'importance que pour des écarts considérables; mais c'est un fait que le spectacle vu de la troisième galerie n'est pas tout à fait celui que l'on voit de l'orchestre.

Le spectateur qui siège sur le strapontin du premier rang d'orchestre, à droite, verra le trois-quarts gauche de la jeune première, tandis que le strapontin de gauche verra le trois-quarts droite; quant à l'audition du texte, la distance nuit à sa qualité.

Le bon metteur en scène de théâtre essaie de

surmonter ces difficultés. Lorsque les comédiens sont depuis un moment à la cour, il sait que les spectateurs des galeries du côté cour ne voient guère que des crânes ou des chapeaux, sur des personnages étrangement raccourcis ; il essaie alors plusieurs mouvements pour les faire « passer », et les ramener vers le trou du souffleur, puis pour les conduire au jardin, d'où il faudra bientôt les rappeler. Rien de tout ceci n'est très naturel.

De temps à autre le metteur en scène va s'asseoir au fond de la salle pour écouter une scène. Après quelques minutes, il parle tout à coup :

– Mademoiselle, je n'ai pas compris un seul mot de ce que vous venez de dire. Articulez, je vous prie, et parlez plus fort !

C'est ainsi qu'un comédien est toujours forcé de parler trop haut pour les premiers rangs, trop bas pour les derniers et les galeries. Quant aux scènes chuchotées, elles sont pratiquement impossibles au théâtre.

Le film parlant supprime définitivement ces difficultés.

Tout d'abord, les mouvements des comédiens sont parfaitement libres, car la caméra, qui est l'œil du public, les suivra partout.

D'autre part, si l'acteur a regardé l'objectif, sa photographie regardera bien en face tous ceux qui la verront, qu'ils soient à droite, à gauche, en haut ou en bas. S'il est de profil à droite, tous les spectateurs le verront de profil à droite, même ceux qui sont assis à trente mètres de l'écran, et même ceux qui sont à gauche. Et voilà le miracle de l'appareil de prises de vues : TOUT SPECTATEUR VERRA L'IMAGE EXACTEMENT COMME L'OBJECTIF L'A VUE, ET COMME SON VOISIN LA VERRA.

Il est certain qu'au cinéma l'effet des parallaxes se fait encore sentir, et il est vrai que les meilleures places s'alignent le long d'une perpendiculaire au centre de l'écran. Pour les spectateurs d'extrême droite ou d'extrême gauche, l'image sera légèrement rétrécie; pour ceux des galeries, légèrement raccourcie, mais cet effet est à peine sensible, car les salles obscures sont construites en longueur, afin de l'atténuer.

Enfin – et c'est là le plus important – l'image que nous présente l'écran est plate : c'est-à-dire que si c'est un profil gauche, c'est celui que le public verra, car il n'y a rien d'autre sur l'écran.

Cette unité de la salle a une très grande importance : elle est complétée par le fait que la caméra permet au réalisateur d'isoler, de grossir et d'imposer au spectateur unique le centre d'intérêt de l'action.

Le centre d'intérêt

Une œuvre dramatique digne de ce nom est toujours construite autour d'un centre d'intérêt principal : l'auteur qui connaît son métier le signale à notre attention par le titre de l'ouvrage.

Il est remarquable que la plupart des grands chefs-d'œuvre de la littérature dramatique aient pour titre le nom d'un personnage ou sa dénomination : *Œdipe roi, Antigone, Hamlet, Le Roi Lear, Macbeth, Le Misanthrope, L'Avare, Tartuffe, Andromaque, Le Cid, Horace, Bérénice, Ruy Blas, Hernani, La Dame aux camélias, Cyrano de Bergerac, La Prisonnière.*

Le choix de ce titre, qui signale au public le centre d'intérêt, n'est pas moins utile à l'auteur pendant qu'il écrit sa pièce, en lui rappelant sans cesse quel est le centre de son ouvrage.

En effet, dans un thème dramatique, il y a autant de pièces possibles que de personnages.

Prenons, par exemple, le thème d'*Œdipe roi*. Nous pouvons écrire – dans la mesure de nos moyens – diverses pièces intitulées *Œdipe, Jocaste, Le Messager de Corinthe, Le Vieux Berger de la montagne, Tirésias, Le Peuple de Thèbes, Les Enfants d'Œdipe, Créon*.

Toutes ces pièces raconteront la même histoire, avec les mêmes personnages.

Pourtant elles seront très différentes les unes des autres, parce qu'elles auront des centres d'intérêt différents.

En passant d'une pièce à l'autre, chaque personnage aura changé de ton, de plan, de volume, de poids.

Le grand danger, c'est donc d'introduire dans *Œdipe* une très belle scène qui pourrait être la scène capitale de la pièce *Jocaste*, et déplacerait tout à coup le centre d'intérêt.

Il faut, en effet, que les personnages secondaires restent au second plan : je ne veux pas dire dans l'ombre. Au contraire, ils doivent être brillamment éclairés, mais seulement sur la face qui est tournée vers le personnage principal, à la façon de notre Lune : les personnages secondaires ne sont pas des étoiles, mais des satellites, qui tournent autour du centre d'intérêt.

Ce centre (un homme, ou une femme, ou un couple) est l'axe de l'action dramatique : c'est-à-dire qu'il doit être unique : un manège de chevaux de bois qui tournerait sur deux axes s'en irait battre la campagne.

Mais sur ce manège, il peut y avoir d'autres axes

secondaires, qui tournent sur eux-mêmes, en même temps que leur support tourne autour de l'axe principal : je veux dire que, dans chaque scène de l'œuvre dramatique, il y a un centre d'intérêt secondaire qui se déplace sous nos yeux, et que le metteur en scène doit mettre en valeur. Cette notion de centre d'intérêt est la notion fondamentale de toute œuvre dramatique, et c'est pour l'avoir méconnue que Voltaire nous a donné un *Œdipe roi* qui n'a jamais pu tenir la scène.

L'*Œdipe* de Sophocle est le parfait chef-d'œuvre de la dramaturgie mondiale.

La peste ravage la ville de Thèbes. On demande aux dieux le motif de leur cruauté : ils répondent : « Un criminel est parmi vous. Quand il sera châtié, l'épidémie cessera. »

Œdipe, roi de Thèbes, répond qu'il va trouver ce criminel et le punir cruellement, et il commence son enquête. Nous savons que ce criminel, c'est lui, et que chaque pas qu'il fait vers la vérité le rapproche d'une affreuse découverte.

Cette enquête, en quatre témoignages, est non seulement le plus beau des poèmes dramatiques et philosophiques, mais encore la pièce policière la plus parfaite, car le héros est à la fois le policier, le juge et le criminel.

Le centre d'intérêt principal, c'est Œdipe en proie au destin; de part et d'autre de ce personnage, Jocaste et Créon, d'une taille bien moindre, mais aussi grands l'un que l'autre; à côté de Créon, mais plus petit, Tirésias; à côté de Jocaste, Antigone. Les proportions et la symétrie de ce groupe sont si parfaites qu'un statuaire pourrait l'inscrire dans un triangle rectangle isocèle.

Voltaire, qui a su tout faire sauf une tragédie, a

trouvé cette ordonnance trop sévère; il a cru moderniser l'ouvrage en l'agrémentant de l'histoire d'un amour malheureux, celui de Philoctète pour Jocaste, et il a fait de cet amant un innocent persécuté; on l'accuse d'être le criminel qui assassina Laïus sur une route, et dont le forfait est la cause des malheurs de Thèbes...

En somme, il a introduit dans *Œdipe roi* une vague comédie sentimentale, qui pourrait s'intituler *Jocaste et Philoctète*; le personnage de la reine, si noble et si pur dans Sophocle, en est péniblement dégradé et devient l'histoire d'une vieille ingénue dont les deux mariages furent deux catastrophes.

Voltaire a reconnu plus tard qu'il avait eu grand tort de mêler cette « galanterie » à la tragédie grecque. C'est à cause de cette erreur que sa version d'*Œdipe roi* touche au ridicule.

Pourtant, les madrigaux élégiaques de Philoctète sont charmants et les réponses de Jocaste sont touchantes; mais, dès qu'ils sont tous deux en scène, nous n'écoutons plus, et nous attendons avec impatience leur sortie, parce qu'il s'agit d'une autre pièce et que l'auteur n'a point respecté la loi fondamentale qui exige un seul centre principal d'intérêt : comme dans *Cyrano, Le Bourgeois gentilhomme, Andromaque, Le Cid, Hamlet, Phèdre, Le Chasseur de chez Maxim's* ou *L'École des cocottes*. Je ne prétends pas que ces deux derniers ouvrages soient des chefs-d'œuvre comme les précédents : je veux dire que le très grand succès qu'ils ont obtenu est dû au respect de la règle du centre d'intérêt.

Au music-hall, le public ne peut manquer le centre d'intérêt. Il sait bien que c'est Maurice Chevalier, ou Tino Rossi, ou Charles Trenet, ou Gilbert Bécaud; de plus, afin que nul n'en ignore, le metteur en scène de la revue fait braquer sur la vedette un projecteur dont le faisceau lumineux la suivra continuellement.

Dans les vrais théâtres, une rigoureuse discipline régnait autrefois sur la scène.

Le plateau était divisé en plans, le premier commençant à la rampe. Chaque plan était divisé en carrés numérotés : c'est pourquoi, dans les comédies de Feydeau (qui fut un très grand homme de théâtre) nous lisons ceci :

– Il descend au 4.
– Elle remonte au 8.
– Il passe du 6 au 9, etc.

Jamais un personnage de second plan n'était autorisé à descendre jusqu'au premier, sinon pour apporter une très importante nouvelle.

Un valet ne pouvait se hasarder au premier plan qu'au lever du rideau pour l'exposition de la pièce, dans une conversation avec la femme de chambre ou le cocher.

Enfin, les personnages de second ou de troisième plan entraient ou sortaient de scène par des portes latérales, les entrées ou les sorties « par le fond » étant réservées aux personnages principaux.

En résumé, les expressions « de premier plan » ou « de second plan » correspondaient à une réalité matérielle, qui était strictement respectée, et l'importance des rôles était marquée par une sorte de perspective, comme dans les tableaux des maîtres du temps jadis.

Le cinéma a retrouvé et perfectionné ce moyen de préciser le centre d'intérêt; mais, au lieu de nous signifier l'importance d'un personnage par son rang dans une perspective, il peut agrandir la photographie de l'acteur jusqu'à remplir avec un seul visage toute la surface de l'écran.

C'est là un moyen dramatique d'une importance capitale.

Il nous permettra de souligner, d'appuyer ou de contredire le texte par l'expression d'un visage, par un regard, un sourire ou un rictus, de mettre en valeur la sincérité ou l'hypocrisie, d'affirmer la laideur du traître ou la beauté de l'héroïne.

L'usage du gros plan satisfait un très ancien désir du spectateur : le temps n'est pas si loin où l'on n'allait pas au théâtre sans lorgnette et chacun choisissait ses gros plans.

Cette lorgnette était composée de lentilles ordinaires, peu lumineuses, et d'un assez faible grossissement. La mise au point, faite par le spectateur lui-même, n'avait pas toujours la précision désirable. De plus, sur une scène, le visage d'un acteur n'est pas continuellement dans le meilleur éclairage. Enfin, ce visage est assez violemment maquillé pour être vu de loin.

Au cinéma, le metteur en scène lui-même prête sa lorgnette à tout le public : c'est l'objectif, qui est un assemblage de lentilles d'un grand prix; la mise au point est parfaite, l'éclairage a été longuement étudié; enfin le beau visage, photographié sous son meilleur angle, a été adouci et parachevé par un maquillage invisible, un maquillage spécial pour les gros plans.

La grande nouveauté, c'est qu'il n'est plus permis au spectateur de choisir lui-même ses gros plans, car son choix du centre d'intérêt n'était pas toujours juste. Il avait sous les yeux le décor tout entier et tous les personnages qui prenaient part à la scène; il pouvait se tromper. Le père de l'ingénue ne la quittait pas des yeux, le mari bourgeois de la jeune première surveillait le jeune premier, les dames et demoiselles ne regardaient que Gérard Philipe ou

Jean Marais, tandis que bon nombre de messieurs s'intéressaient aux mines de la grande coquette. Enfin, il arrive parfois qu'un comédien ou un figurant, par quelque jeu de scène de son invention, arrive à capter l'attention du public...

La cause d'erreur la plus fréquente c'était que nous avons une tendance à regarder le personnage qui parle, alors que bien souvent le centre d'intérêt est sur le visage de celui qui écoute.

Pour faire l'unité de la salle et réaliser fidèlement le dessin de l'action dramatique, le metteur en scène imposera le gros plan qu'il aura choisi : il n'y aura rien d'autre sur l'écran, et l'importance de ce gros plan ne dépendra pas seulement de ses dimensions, mais encore de sa durée.

Ce pouvoir dictatorial, cette admirable facilité qui est donnée au réalisateur de conduire et de fixer l'attention de toute une salle, le forcent à savoir à chaque instant où se trouve le centre d'intérêt. Or, il y a encore deux écoles de metteurs en scène : ceux qui croient que la parole n'est que le complément de l'image et ceux qui savent que l'image n'est que le support du texte : c'est pourquoi il arrive aux champions de la première école de se tromper assez souvent et de nous infliger un bouquet de fleurs ou un paysage qui arrête ou ralentit l'action, et d'autant plus insupportable que la photographie en est admirable, ce qui aggrave son intrusion. Nous verrons aussi à plusieurs reprises le délicieux gros plan d'une ravissante ingénue qui récite timidement deux ou trois répliques anodines. Si ce n'est pas la fille du producteur, c'est sa petite amie, ou celle du metteur en scène, ou du cameraman, ou du monteur, dont elle est le centre d'intérêt, ce qui n'a vraiment d'importance que pour elle.

Enfin, il y a les gros plans forcés : ceux d'une star,

qui a exigé dans son contrat trente-deux gros plans, dont quelques-uns sont parfaitement inutiles, et si beaux qu'ils détournent du véritable centre d'intérêt l'attention des spectateurs.

Ce sont là des erreurs que les vrais réalisateurs ne tolèrent plus.

Cet usage du gros plan est sans doute le plus important : il en a d'autres qui offrent au dramaturge les ressources d'une technique nouvelle, et d'abord en ce qui concerne l'exposition du sujet qu'il a choisi.

L'exposition

Les dix premières pages d'une œuvre dramatique n'exigent point de génie, mais une patiente ingéniosité.

En effet, l'action qui va se dérouler sous nos yeux est la conséquence d'un passé, car l'œuvre dramatique est une crise. D'autre part, comme l'événement n'a d'importance qu'en fonction des personnages qui le causent ou qui le subissent, il est indispensable de nous présenter ces personnages, leur métier, leur situation sociale, les rapports entre eux, les circonstances qui les ont réunis sous nos yeux.

Les Anciens avaient résolu le problème de la façon la plus simple; chez les Grecs, un acteur nommé Prologue venait dès le début parler au public, et résumer clairement la tragédie ou la comédie. De plus, le chœur, pendant le jeu, commentait l'action.

Chez les Latins, c'était souvent l'un des personnages qui récitait l'« argument ».

Dans l'*Amphitryon* de Plaute, le dieu Mercure présente l'ouvrage dans un monologue de cent cinquante vers et il parle directement au public :

« Maintenant, écoutez-moi bien, car je vais vous raconter le sujet de la pièce. »

C'est là un procédé bien simpliste; mais il ne faut pas oublier que les représentations avaient lieu en plein air, dans des théâtres dont l'immensité nous effraie.

Celui de Dionysos, à Athènes, pouvait contenir cinquante mille spectateurs. Celui de Mitylène, et celui de Pompée, à Rome, quarante mille. Il est très probable que la majorité des membres de cette foule était composée d'ouvriers, de pêcheurs, de marins, de soldats, d'artisans infiniment moins instruits que les nôtres et dont au moins la moitié siégeaient à plus de quarante mètres de la scène. Il était donc indispensable de les renseigner, par avance, de la façon la plus directe et même la plus naïve.

Les auteurs français ont peu à peu supprimé le prologue : il en reste cependant deux ou trois dans Molière.

Celui des *Fâcheux* est d'une parfaite élégance; mais les classiques préférèrent bientôt attaquer leurs ouvrages par une scène d'exposition entre deux personnages de la pièce : c'est en somme un prologue à deux voix.

Il n'est évidemment pas très naturel que deux personnes qui se connaissent se racontent en détail leur propre vie. Il faut donc trouver une « astuce ». La meilleure, c'est de lever le rideau sur une querelle.

Il est alors logique et naturel que les querellants exposent la situation sous la forme de reproches. Nous en avons des exemples dans la première scène du *Cid*, de *L'École des maris*, du *Cocu imaginaire*, etc.

C'est un moyen d'exposition vivant qui pose deux personnages importants, éclaire la psychologie de leur milieu, de leur temps, et nous entrons du premier coup dans l'action.

Un autre moyen, c'est le retour d'un absent. Il est aussi tout naturel qu'on le mette au courant de ce qui s'est passé en son absence.

Est-ce toi, chère Élise? O jour trois fois heureux...

ou encore :

Oui, puisque je retrouve un ami si fidèle...

Il y a aussi la conversation, dès le lever du rideau, entre Lisette, qui a son plumeau à la main, et le valet de chambre de Monsieur. Lisette raconte en confidence les fredaines de Madame, et annonce que l'amant va venir dîner ce soir, qu'elle craint un éclat, etc. Les modernes ont aussi utilisé le journaliste, en pleine interview, à qui le héros ou l'héroïne ne se fait point faute de raconter sa vie et ses succès, ou ses malheurs.

Ces malices sont cousues de fil blanc, mais elles sont acceptables. Après tout, il ne s'agit que d'informer le public et, si la scène est bien jouée, elle n'est jamais ennuyeuse.

Le cinéma nous épargne ces artifices, grâce à l'usage du gros plan et du changement de décor instantané, qui est un très précieux moyen d'exposition.

Le décor

La célèbre règle des trois unités a été la cause de bien des querelles littéraires, qui semblent s'être terminées par la bataille d'*Hernani*.

Pour l'unité d'action – la principale –, elle fut toujours respectée, et elle le restera; mais l'unité de lieu est celle qui parut toujours la moins nécessaire, et Shakespeare l'a fort simplement ignorée. Pourquoi les anciens et nos classiques l'ont-ils rigoureusement respectée?

Je ne puis trouver que deux raisons.

La première paraît presque décisive; les décors des théâtres antiques étaient bâtis en pierres de taille. Malgré le secours, bien artificiel, de rideaux, de verdure et de quelques cartonnages, les changements de décor devaient être plus difficiles qu'au Châtelet.

Cependant, au XVIIe siècle, on a vu des pièces à décors multiples et même des « machines », comme dit l'abbé d'Aubignac.

Donc, si les grands classiques français ont respecté l'unité de lieu, ils devaient avoir d'autres raisons qu'une impossibilité matérielle. Quelles sont ces raisons?

On pourrait dire : la vraisemblance.

Une action qui se déroule sous nos yeux en deux heures, il est plus vraisemblable de la montrer dans un seul décor, parce que, en deux heures, on ne fait pas le tour du monde.

Nous répondrons qu'une chasse à l'homme, par exemple, qui durerait deux heures, serait un drame d'une terrible intensité, et qu'il exigerait pourtant un décor d'une dizaine de kilomètres, c'est-à-dire plusieurs centaines de décors successifs. Non, la vraisemblance n'a rien à voir ici.

La raison de l'unité de lieu est plus haute et plus belle.

Les anciens, de même que nos classiques, ne s'intéressaient qu'à l'homme. Ils ont toujours méprisé le décor, cette construction matérielle, et ils ont voulu le réduire à un strict minimum, afin de ne point détourner l'attention du spectateur : cette attention doit rester concentrée sur le conflit psychologique qui oppose les uns aux autres des personnages ou des groupes humains.

L'unité de lieu, en réduisant le décor à un minimum, ne serait donc qu'une mesure préventive contre la dispersion de l'attention.

Pouvons-nous, au cinéma, supprimer définitivement l'unité de lieu?

Nous en avons les moyens.

Le changement de décor est, sur l'écran, instantané. La question matérielle est donc réglée.

A la seconde question, la plus importante, voici ce que nous répondrons :

Au théâtre, il est possible qu'un décor passe au premier plan, et détourne de l'action l'intérêt du spectateur. Il suffit, pour cela, que le spectateur le regarde : la mise au point de l'œil humain est automatique. Tout ce qu'il regarde passe au premier plan de ce qu'il voit.

Sur l'écran, rien de pareil. La mise au point de la photo ayant été faite sur la figure d'un personnage, le décor qui est derrière lui sera toujours plus flou, c'est-à-dire qu'il restera à son plan. Et même, dans *Léopold le bien-aimé*, par exemple, si le spectateur essaie de regarder l'admirable rangée de peupliers qui se dresse, au loin, derrière Jean Sarment, il ne la verra pas nettement, comme il la verrait dans la vie s'il la regardait. Ces peupliers garderont toujours, dans le tableau, l'importance et le rang que leur assigna le metteur en scène, et le personnage humain restera net et clair au premier plan.

Ainsi, le film parlant nous délivre définitivement

de l'unité de lieu, et cette liberté nouvelle apporte de grands avantages.

Tout d'abord, nous pourrons présenter tous les personnages de premier plan dans leur décor familier, qui les complète et les éclaire : le capitaine sur le pont de son navire, le paysan dans ses blés, le commerçant derrière son comptoir, le prêtre dans son église. Ici l'image va plus vite et plus loin que les mots; l'exposition en est grandement raccourcie et présente un réel intérêt.

D'autre part, sur la scène, les seuls mouvements possibles sont ceux des acteurs.

Le cinéma nous permet de transporter n'importe où le spectateur qui est assis dans la caméra : il galopera avec le cow-boy, il poursuivra la diligence avec les Peaux-Rouges, il s'approchera d'un beau visage, il verra sourdre une larme, ou un battement de paupière qui sera plus éloquent qu'un geste théâtral.

Enfin, le changement de décor instantané nous délivre de très lourdes servitudes théâtrales.

Le texte d'une pièce de théâtre est encombré d'un grand nombre de répliques parfaitement inutiles, et pourtant inévitables.

Tout au long de l'ouvrage dramatique les personnages sont prisonniers d'un décor qu'il est impossible de changer toutes les cinq minutes.

Deux acteurs sont en scène. Ils parlent, ils disent ce qu'ils ont à dire d'intéressant.

Quand ils ont fini, il faut nécessairement qu'un autre acteur fasse son entrée. Cinquante fois sur cent il faudra non seulement faire entrer ce troisième personnage, mais encore faire sortir l'un des deux premiers. Il faudra peut-être justifier cette sortie et dire où il va, pour « faire plus naturel »; il faudra peut-être aussi justifier l'entrée du troisième et nous dire d'où il vient.

De là ces explications, ces salutations, ces : « A demain », ces : « Je passais par hasard », ces : « Quelle surprise, cher ami », etc. Toutes choses nécessaires à la vraisemblance, mais inutiles à l'action dramatique.

Or, dans *La Dame aux camélias*, qui est une pièce bien faite et d'une démarche assez rapide, nous avons environ cinquante entrées, qui imposent cinquante sorties; elles nous coûteront au moins quinze secondes chacune, c'est-à-dire en tout environ vingt-cinq minutes, et l'action en sera ralentie d'autant.

Sur l'écran, je ne ferai entrer personne, je ne ferai sortir personne, à moins que l'entrée ou la sortie n'aient en elles-mêmes une importance dramatique : j'attaquerai la scène au cœur et je l'arrêterai dès que, dramatiquement, elle sera finie.

Cette merveilleuse liberté, l'auteur dramatique ne l'a, au théâtre, dans une pièce en quatre actes, que huit fois par soirée.

Il peut donc quatre fois choisir l'attaque d'une scène : à chaque lever de rideau.

Il peut quatre fois arrêter une scène où il veut : à chaque baisser du rideau.

C'est pourquoi Shakespeare et Musset adoptaient la coupe en dix ou vingt tableaux : c'est qu'ils pouvaient attaquer dix ou vingt fois à brûle-pourpoint; et que dix ou vingt fois, par un simple coup de rideau, ils nous laissaient au sommet du mouvement dramatique : c'est ce qui explique, tout génie mis à part, l'incroyable vivacité de leur technique.

Le changement instantané de décor et la possibilité de le réduire ou de l'agrandir sont donc de très précieux moyens d'expression pour le cinéaste; mais cette merveilleuse liberté a ses dangers, comme toutes les libertés.

Parce que le film muet ne pouvait réaliser que des images animées, les metteurs en scène formés à son école, et qui étaient des maîtres dans cet art, ont longtemps cru que l'image était toujours reine, et qu'il fallait changer de décor le plus souvent possible, et surprendre le public à chaque instant par des tableaux d'une grande beauté, ou d'une impressionnante horreur. C'est une très grave erreur : tout changement de plan inutile à l'action dramatique est pour le spectateur une désagréable surprise, parce qu'il déplace brusquement le centre d'intérêt.

Nous en avons fait souvent l'expérience, en cours de tournage.

Lorsqu'on regarde les « rushes », c'est-à-dire les scènes tournées la veille, il arrive qu'un plan de deux à trois minutes nous paraisse merveilleusement réussi; plus tard, lorsque le monteur l'aura coupé par des gros plans inattendus, ou par un très beau paysage qui entoure les acteurs, la scène perdra son mouvement et sa force : le changement de plan sans motif dramatique est toujours un coup de frein.

Voici maintenant un autre avantage du cinéma, que les fervents du théâtre considèrent encore comme une faiblesse. Ils nous disent :

« *Sur l'écran vous n'aurez jamais Robert Hirsch ou Brigitte Bardot : vous ne verrez que leur image.* »

Toute la question est de savoir si, du point de vue supérieur de l'art, leur image ne vaut pas mieux que les acteurs « en chair et en os » (sans compter les viscères et les humeurs).

Tailler de beaux hommes de pierre, montrer sur un lambeau de toile une forêt construite avec des pâtes colorées, évoquer la joie ou la douleur par des chatouillements compliqués du tympan, c'est la sculpture, la peinture, la musique. Tous les arts sont faits de convention – je ne me flatte pas de vous l'apprendre –, c'est-à-dire de tromperies et de truquages – et le théâtre est presque aussi faux que les autres arts.

Je dis « presque », quoiqu'on ait écrit bien souvent qu'il est le plus conventionnel de tous : il me semble que c'est une erreur.

Tout n'est pas faux sur une scène, car les acteurs sont de vrais hommes et de vraies femmes, avec un vrai squelette, une vraie peau, de vrais rhumes; et c'est là le point faible, le vice profond du théâtre : des créatures vraies et vivantes qui évoluent dans un monde faux. Ils sont ce que serait un vrai chant de coq à la fin de la Danse macabre, un vrai chapeau sur la tête d'une statue, une vraie barbe en poils naturels collée au portrait de Verlaine.

Cette fausse note que sont les acteurs vrais, on l'a sentie depuis des siècles. Notre maître Antoine, qui fut un grand et authentique génie, a tenté de rendre au théâtre son unité.

Mais il ne pouvait pas créer des acteurs faux, à moins de jouer avec des marionnettes en bois, il a essayé, autour de l'acteur vrai, de rendre tout vrai.

Il a pris les chaises peintes sur la toile du fond, il les a plantées au milieu de la scène; et dans ses mains, elles sont devenues de vraies chaises de paille et de bois; il a mis aux portes des boutons de cuivre, et de vrais poulets dans de vraies assiettes. La pendule a fait son tic-tac, la broche a tourné, la fontaine a coulé sur la scène; ce fut comme au réveil de la Belle au bois dormant. Les disciples formés par le théâtre libre – c'est-à-dire presque tout le théâtre de notre époque – sont allés plus loin encore dans cette voie et surtout les Américains.

Pour jouer un rôle de juge, ils ont choisi un ancien juge à la retraite; ils ont bâti sur la scène des façades en ciment, ils ont habillé les ouvreuses en huissiers de cour d'assises et Camille Wyn, pour monter *Le Grand Voyage*, fit venir de Londres, à grands frais, de vraies fourchettes ayant servi pendant la guerre à de vrais soldats anglais.

Mais cet effort de réalisme était voué, dès le début, à l'échec le plus complet, et le plus évident : car pour porter l'œuvre théâtrale à sa perfection, il faudra qu'en scène un vrai juge condamne un véritable assassin à vingt ans de travaux forcés et que l'acteur, en sortant de scène, soit emmené immédiatement à La Rochelle par de vrais gardes. Il faudra que le vrai revolver tire de vraies balles, et que la victime tombe vraiment morte. Ainsi, l'effort tenté pour adapter tous les éléments de l'œuvre théâtrale à la réalité de l'acteur aboutit à ceci : le chef-d'œuvre du réalisme, c'est ce que vous verrez si vous vous asseyez à la terrasse d'un café pour regarder passer la rue, ou si vous percez un trou dans le mur pour surprendre la vie du voisin.

C'est la négation même du théâtre.

Or, il y a un autre remède : au lieu de rendre vrai tout ce qui entoure l'acteur, supprimons la réalité de cet acteur.

Les Grecs, avec les grands masques de plâtre, les hauts cothurnes et les draperies, mettaient l'acteur hors de la vie; les éclairages spéciaux de certains metteurs en scène tendent au même résultat, avec plus ou moins de bonheur.

Ce résultat, le cinéma l'atteint pleinement et sans effort.

Il ne peut pas ne pas l'atteindre.

Ombre parmi les ombres, image parmi les images, l'acteur devient exactement aussi faux et aussi vrai que le décor. Sa voix n'est plus la voix d'un homme, elle est celle d'un personnage, d'un personnage qui vivra en dehors de l'acteur, affranchi des misères et des variations humaines. Voilà pourquoi je crois très sincèrement que l'œuvre de l'écran est plus homogène que l'œuvre de la scène, à cause de cette harmonie d'images. Elle n'est troublée que par une seule fausse note qui se trouve dans le générique; il nous révèle le nom véritable des comédiens; mais cette petite trahison du secret professionnel précède le début de l'action : si les acteurs ont du talent, il ne nous faudra qu'un peu de bonne volonté pour l'oublier... D'ailleurs, il serait peut-être possible d'atténuer l'effet de la fausse note en plaçant le générique à la fin du film.

Enfin, signalons les plus grands de tous les avantages pratiques que le cinéma parlant offre à l'art dramatique : je citerai d'abord quelques pages de Georgette Leblanc, qui fut une admirable comédienne, et l'épouse d'un grand poète, Maurice Maeterlinck.

En 1909, vingt ans avant la naissance du film parlant, ils réalisèrent dans l'abbaye de Saint-Wandrille une représentation de *Macbeth* qui fut une véritable préfiguration du film parlant en couleurs : voici le récit de cette mémorable soirée.

« C'est ainsi que survint en mon imagination l'idée d'une représentation spéciale, dont les lois que j'entrevoyais seraient exactement à l'opposé des lois théâtrales qui dérivent toujours du guignol agrandi.

Il ne s'agissait pas de réunir dans une des vastes salles un grand nombre de personnes et de jouer une tragédie devant elles. Non, la tragédie se déroulerait dans les décors séculaires que m'offrait l'abbaye. Les spectateurs, réduits à un minimum, la suivraient en silence et, protégés par la nuit, la surprendraient comme des indiscrets.

« Il fallait donc trouver le drame qui emplirait les lieux, comme le bronze emplit le moule. Chaque scène devait s'adapter à son cadre et dans un ordre assez logique pour permettre aux auditeurs de se déplacer seulement de quelques pas.

« Je découvris bientôt que toutes les merveilles de Saint-Wandrille semblaient attendre *Macbeth*. Ce jour-là, je parcourus avec fièvre les salles, les terrasses, et les moindres recoins, tremblant d'être arrêtée soudain par quelque obstacle invincible. Je n'en rencontrai point.

« Je réduisis les spectateurs au petit nombre de soixante. J'aurais pu facilement devant chaque scène en faire tenir quinze cents, mais je n'en voulais que quelques-uns, bien cachés. Les immenses murailles, les salles vides, les corridors énormes devaient être dévoués uniquement au drame et à ses auxiliaires les plus puissants – la solitude et les ténèbres, le silence et l'espace.

« Comment exécuter ce rêve qui, bien entendu, fut taxé d'absurde et d'impossible par toutes les personnes qui m'entouraient, sans excepter Maeterlinck. Tous les décors étaient là, simultanés et fixes – les immenses salles du château de Dunsinane, la cour d'honneur, la lande infinie, le cloître, les ruines, la forêt. Il s'agissait de faire vivre la tragédie, de la réveiller d'entre les hautes murailles où elle semblait dormir. Un seul moyen s'imposait – faire de la stratégie. Je fis un plan de l'abbaye, je constituai un état-major et instituai des grades pour assurer les responsabilités. Toute l'armée, naturellement, devait être en costume de l'époque, ce qui permettait d'aller et venir librement.

« Quelques-uns des soldats étaient préposés à la conduite des spectateurs, divisés en six groupes. Ce furent mes fidèles chevaliers d'Ariane qui assumèrent ces rôles difficiles.

« Je ne me trompai pas dans mon plan. Les impressions les plus saisissantes furent plus près de la vie que du théâtre. C'était en vérité la représentation de ce que Shakespeare avait dû concevoir, comme si l'on avait exploré le chantier infini de l'esprit, avant de limiter ses divins matériaux à l'œuvre écrite.

« Je savais que, parmi mon public, bien des gens seraient incrédules. Dissimulée dans l'embrasure d'une fenêtre, je surveillais l'effet du premier tableau. Sur la terrasse pleine d'ombre où l'on s'assit dans l'attente de ce qui allait arriver, en effet, j'entendis des rires et des murmures moqueurs. Mais une seconde plus tard, quand au milieu de la lande jaillirent les premières flammes vertes, activées par les sorcières, la magie de la beauté subjugua les plus sceptiques. Il m'arrive souvent encore aujourd'hui de rencontrer des personnes qui me disent avoir eu dans cette soirée la plus grande émotion d'art de toute leur vie.

« Pour l'arrivée du roi Duncan, les spectateurs étaient groupés comme dans des loges, devant les hautes fenêtres ouvertes sur la cour d'honneur. Au loin, un appel de fanfare; aussitôt les grandes portes du château roulent sur leurs gonds, des serviteurs armés de torches se rangent au long du perron. Du haut en bas de la façade les fenêtres s'éclairent, on devine les préparatifs de la réception, on distingue faiblement une petite musique faite de sonorités acides et grêles.

« Alors, sur le seuil apparaissent lady Macbeth (ai-je dit que j'interprétais ce rôle), son mari et les habitués de Dunsinane. Ils attendent l'arrivée du roi Duncan. Les gardes s'empressent. Les sentinelles rient au loin. L'obscurité de la colline en face s'illumine de lueurs qui vont, qui viennent et descendent à travers les branches. On entend le pas des chevaux. Le cortège s'avance. Le roi traverse le pont au-dessus de la rivière. Une brume l'entoure d'un nuage, il s'approche, et, au moment où il parle du martinet qui certainement, dit-il, a béni ces lieux par sa présence, les hirondelles trompées par l'éclat des torches jaillissent de tous côtés et se mettent à tournoyer au-dessus du cortège. Je m'incline devant le roi, la cloche du village sonne ses neuf coups, un chien aboie... Jamais je n'oublierai l'intensité de cette minute. »

. . . .

La narratrice ajoute alors, avec un mélancolique regret : « Trois mois de travail pour un soir sans lendemain... »

C'est là l'irréparable infirmité de la réalisation théâtrale : le rideau baissé et la rampe éteinte, il n'en reste rien, qu'un souvenir. La réalisation cinématographique eût été plus facile, plus parfaite, plus durable.

Tout d'abord, ces spectateurs n'auraient pas été forcés de déambuler sur la pointe des pieds à la poursuite des personnages : ils auraient eu sous les yeux toutes les péripéties de l'action, tous les sentiments des interprètes sur leurs visages agrandis.

D'autre part, en ces trois mois de travail, la

réalisation par le film eût été plus facile, plus précise, plus riche. Les comédiens que l'on voit sur l'écran ont longuement répété chaque scène, puis ils l'ont jouée cinq ou six fois devant les caméras. Si le metteur en scène n'est pas satisfait, si l'acteur n'est pas dans un bon jour, on recommencera demain : j'ai vu des réalisateurs américains reprendre la même prise de vues jusqu'à trente fois. Cela est sans doute exagéré, mais il arrive qu'à la dixième ou quinzième version d'une scène, un acteur épuisé ou une actrice au bord de la crise de nerfs trouve tout à coup un accent bouleversant ou un cri admirable qu'ils seraient bien incapables de retrouver tous les soirs : c'est tout justement ce cri ou cet accent qui restera sur les écrans et qu'on entendra dans les moindres villages. Et lorsque le monteur aura choisi, dans trente mille mètres de pellicule, les trois mille mètres du film, le public verra ces comédiens au sommet de leur talent.

De plus, le cinéma leur confère non seulement le don d'ubiquité (car ils joueront chaque soir dans cinquante villes différentes), mais encore il arrête le temps et les installe dans la durée.

Déjà plusieurs de mes amis sont sortis de scène quand la sonnette du régisseur des morts les appela dans la coulisse d'où ils ne seraient jamais ressortis autrefois. Par bonheur, il nous reste leurs films, et voici qu'un rayon de lumière magique suffit à les ressusciter... Ce ne sont plus des disparus : leur voix sonne comme jadis, ils marchent et ils font des gestes parmi d'autres acteurs qui sont toujours vivants. Ils n'ont pas perdu leur talent, ils exercent encore leur art, ils font encore leur métier.

C'est un grand art, celui qui fixe des chefs-d'œuvre éphémères, qui rallume des génies éteints, qui refait danser des danseuses mortes, et qui garde à notre tendresse le sourire des amis perdus.

La critique et l'avenir

Et maintenant quel est l'avenir artistique de notre cinéma? Je crois qu'il dépend surtout de la critique cinématographique.

Je dirai d'abord que la critique actuelle est assez semblable à celle de mon temps : c'est-à-dire que son influence sur le public est pratiquement nulle : je veux dire qu'elle ne peut ni ruiner la carrière d'un bon film, ni assurer celle d'un film manqué.

Je n'attribue nullement cette impuissance à l'incapacité de nos critiques de l'écran; plusieurs sont des écrivains de qualité, et parfaitement sincères : c'est pour des raisons d'ordre professionnel qu'ils n'ont pas la puissance de la critique théâtrale.

Au théâtre, un ouvrage n'est assuré que de trente représentations : c'est un minimum imposé par les syndicats de comédiens.

Si la critique « éreinte » l'ouvrage, le public des premières soirées sera peu nombreux, et la publicité parlée n'aura pas le temps d'agir. On a vu des succès qui démarraient à la vingt-cinquième : trop tard! Le directeur a déjà mis en répétitions un autre ouvrage, il a engagé d'autres acteurs, les comédiens de la troupe ont déjà signé des contrats avec d'autres théâtres, et l'ouvrage condamné à tort laissera le souvenir d'un « four ».

Au cinéma, un film commence sa carrière avec une centaine de locations, c'est-à-dire un millier de représentations assurées. S'il plaît au public, la critique n'y peut absolument rien; si le public « ne vient pas », ni la critique, ni la publicité ne feront le moindre effet. C'est donc le public, qui est le seul juge, et qui décide souverainement de l'échec ou du succès d'un film.

Cependant, cette critique, dont l'action sur le public est si faible qu'elle n'est pas mesurable, a un grand pouvoir sur les jeunes auteurs ou réalisateurs.

Or, la critique, en général, n'aime pas beaucoup le succès, qui est souvent considéré comme une tare. Elle parle avec une sévérité méprisante d'un « succès commercial », comme si la mise en exploitation d'un four n'était pas une tentative également commerciale, mais qui n'a pas obtenu le succès espéré. En revanche (et c'est à sa louange), elle aime les « jeunes », qu'elle oppose aux « vieux », et les « nouveautés ».

Les jeunes gens ont de très précieuses qualités que je regrette sincèrement d'avoir perdues : l'outrecuidance, l'impertinence, l'agressivité, l'ignorance. Je ne fais pas ici de l'esprit à bon marché, car les trois premières de ces qualités sont d'admirables moteurs, et la dernière permet et provoque toutes les audaces, qui seront plus tard freinées par l'expérience.

Il y a d'ailleurs un très beau proverbe : « Tout le monde savait que c'était impossible. Un ignare ne le savait pas : il l'a fait. »

Il est bien vrai que parfois un jeune homme ignorant les règles, ou les méprisant, ouvre tout à coup une voie nouvelle à la poésie, au roman, au théâtre, à la peinture, aux mathématiques, à la médecine. Ce sont là des génies : je crains d'être trop optimiste en évaluant leur nombre à une centaine en vingt siècles.

D'ordinaire, les nouveautés fracassantes que tente

d'imposer la génération nouvelle ne sont que la résurrection éphémère de très anciennes erreurs, qui reviennent périodiquement, et que ces jeunes gens croient avoir inventées ou grandement perfectionnées.

La plus dangereuse de ces erreurs, c'est le réalisme.

Le véritable réalisme, celui de notre maître André Antoine, de Zola, de Daudet, des Goncourt, n'a jamais réussi à produire une œuvre intéressante. Certes Zola et Daudet sont de grands écrivains, et leur œuvre fait définitivement partie de la littérature française. Il est également vrai qu'ils ont brandi le drapeau réaliste, et qu'ils ont essayé d'appliquer fidèlement les théories de la nouvelle école, qui devait ridiculiser le romantisme, et qu'ils appelèrent l'école « naturaliste ».

Zola, le grand Zola, a cru être rigoureusement naturaliste parce qu'il peignait le *delirium tremens*, la sordide avarice paysanne, la faim et la crasse des pauvres, l'odeur des latrines bouchées, les borborygmes des éviers : il l'a fait avec tant de lyrisme, avec des couleurs si violentes et si riches qu'elles nous font penser à *La Légende des siècles* : il a été le dernier romantique, tout à côté du père Hugo. Alphonse Daudet fut un adorable poète, plus près de Perrault et de Remy Belleau que des procès-verbaux naturalistes; quant aux frères Goncourt, ils ont parfaitement réussi leur *Journal*, c'est-à-dire des actualités, mais leurs romans n'ennuient plus personne, car plus personne ne les lit... Il y eut d'autres naturalistes : ils subissent le triste sort d'*Eupalinos*, c'est-à-dire qu'il n'en sera plus jamais parlé.

La jeune école cinématographique d'aujourd'hui est évidemment réaliste, puisqu'elle prétend nous imposer le « cinéma vérité ».

Il faut bien dire à ces jeunes gens que la « peinture vérité », c'est la photo en couleurs. Elle ne manque pas d'intérêt, mais elle n'est guère comparable aux œuvres de Vermeer ou de Renoir. La « sculpture vérité » ce n'est pas Rodin : c'est le moulage; et « le cinéma vérité » ne peut être que l'art du documentaire ou des actualités.

D'autre part, après avoir vu un certain nombre de nouveaux films, je pense que cette expression signifie aussi que le nouveau cinéma ne reculera devant aucune audace, et va montrer tout ce que l'on n'a jamais osé montrer sur un écran. J'ai vu, en effet, un certain nombre de viols photographiés d'assez près, et des visages convulsés au cours de gémissantes étreintes. J'ai même vu des orteils crispés. Cela m'a rappelé le temps de ma jeunesse. C'était avant la regrettable fermeture des maisons de tolérance, et le cinéma vérité, c'est-à-dire pornographique, avait sa capitale à Marseille.

Aux temps lointains de ma licence ès lettres, il m'est arrivé assez souvent d'assister à ces projections. Un soir, « Madame » me montra un bon vieillard à barbe blanche, d'ailleurs fort distingué, et me dit :

– Tu vois ce monsieur? Il vient chaque semaine depuis trois ou quatre ans. C'est un noble.

Je m'approchai du sympathique gentilhomme, et comme en ces lieux il est d'usage de remplacer les cérémonies par une aimable familiarité, je lui demandai :

– Alors, grand-père, tu es un vieux satyre?

Il répondit en souriant :

– Jeune homme, tu te trompes fort grossièrement. Car si je viens assister à ces ébats ridicules, c'est pour me réjouir de ne plus être en état d'y prendre part.

Il avait raison, car les gestes de cette pantomime

sont d'un comique qui arrive aisément au grotesque, comme d'ailleurs toutes les satisfactions d'un besoin naturel, et c'est déshonorer l'amour que de le réduire à ces apparences : il n'est beau et noble que les yeux fermés.

La « vérité » sur l'amour, elle est dans *Tristan et Iseut*, dans *Werther*, dans *La Dame aux camélias*, dans *Andromaque*, dans *Cyrano*, et la plus troublante héroïne de l'art dramatique, la plus sensuelle, la plus lascive, c'est l'invisible Arlésienne; si elle apparaissait toute nue en gros plans détaillés, beaucoup de spectateurs cesseraient de plaindre cet imbécile de Frédéric, qui s'est suicidé pour « ça ».

Je reproche donc à la critique de ne pas enseigner aux jeunes gens ces vénérables vérités; par sympathie, elle considère souvent leurs faux pas comme des bonds en avant, elle ne leur dit pas que la recherche volontaire de l'originalité est toujours vaine.

Au temps où l'invention d'un sujet nouveau était considérée comme une tricherie, La Fontaine s'est efforcé d'imiter Ésope et Phèdre, Molière a cru traduire Plaute, Racine fut le disciple modeste d'Euripide : ce sont trois génies purement français, d'une originalité rayonnante qu'ils n'avaient certainement pas recherchée. Ce n'est ni le sujet ni la matière d'une œuvre qui font sa nouveauté : c'est la démarche de l'esprit de l'auteur, sa vision du monde, le son de sa voix, l'invention et la maîtrise de sa propre langue.

Les philosophes et les botanistes nous disent que depuis la création du monde, il n'y a jamais eu deux feuilles d'arbre exactement pareilles : il en est certainement de même pour les hommes, et chacun de nous est un exemplaire unique : soyez vous-même, c'est votre seule chance d'être original.

La télévision

Je ne puis pas terminer ce modeste essai sans dire quelques mots de la télévision.

Du point de vue technique, c'est la miraculeuse mise au point de plusieurs découvertes associées, qui permet de projeter à des distances infinies des images photographiques et cinématographiques. Les clichés de la Lune, puis de la planète Mars ont franchi des millions de kilomètres pour surgir sur nos écrans.

Il s'agit donc d'un perfectionnement prodigieux du cinéma et de la radio.

Les auteurs, les réalisateurs et les critiques qui travaillent pour la télévision contestent passionnément l'exactitude de cette définition. Ils ont décrété qu'il y a des critiques de télévision, des réalisateurs de télévision, et même des auteurs de télévision. Ils prétendent être d'une espèce particulière, tout à fait inconnue jusqu'ici. C'est évidemment une illusion, fondée sur ce qu'ils appellent le « direct », c'est-à-dire l'émission d'images qui n'ont pas été préalablement cinématographiées.

Lorsqu'il s'agit d'une comédie, d'un drame ou d'un opéra, le « direct » est véritablement absurde.

Dans des studios de cinéma, on a construit des décors de cinéma, et l'on tourne, comme au cinéma. Les machinistes poussent le chariot du travelling, le *soundman*, qui marche à pas feutrés, promène son microphone au bout de sa perche, l'opérateur est à l'œilleton, l'ingénieur du son à son potentiomètre.

Les comédiens sont inquiets. Il va falloir jouer toute la pièce, d'un bout à l'autre, comme au théâtre, mais sans la trêve des entractes. Comme au théâtre, si l'un d'entre eux a une défaillance de mémoire, on ne pourra pas recommencer.

Enfin, le comédien n'est pas soutenu par la présence et la collaboration muette du public, comme au théâtre, mais continuellement gêné par l'indispensable agitation des machinistes, des électriciens et des techniciens.

De plus, s'il y a plusieurs caméras, comme il est d'usage, le monteur de cinéma pourra étudier le mariage des divers plans dont il dispose, les marier de plusieurs façons, qu'il fera projeter sur l'écran du laboratoire, pour en faire un choix définitif. Sur un plateau de télévision, il devra improviser.

En somme, la réalisation d'une dramatique « en direct » accumule stupidement toutes les servitudes du théâtre, toutes celles du cinéma, et renonce du même coup aux précieux avantages de chacun de ces deux arts. Le direct accepte, en outre, l'irréparable infirmité du théâtre, dont l'œuvre ne dure qu'un soir, alors qu'elle pourrait prendre place dans la cinémathèque de la télévision.

On me dit : « Le film coûte beaucoup plus cher. » A mon avis il ne coûte que la pellicule de 16 mm; il permet de revendre le programme aux postes de langue française (Canada, Suisse, Luxembourg, Belgique, Afrique du Nord); il permet, si l'œuvre est réussie, une reprise tous les trois ou quatre ans; il est possible que l'un des comédiens, inconnu au moment de la réalisation, soit une grandissime vedette dix ans plus tard : tous ces avantages valent dix fois le prix de la pellicule.

Pourtant, les émissions d'ouvrages dramatiques en direct ont d'assez nombreux partisans, qui sont de deux sortes.

Nous avons d'abord les professionnels de la télévision : auteurs, réalisateurs, cameramen, et critiques.

La vue d'une caméra photographique les chagrine, l'odeur de la pellicule leur fait froncer les ailes du nez. C'est qu'ils redoutent d'être assimilés aux gens du cinéma, et qu'ils prétendent exercer un art nouveau très différent du nôtre, un art de création, et faire de la télévision pure. Il est bien facile de leur répondre que dans le cas des « dramatiques » la télévision ne peut en aucun cas dépasser son rôle d'agent de transmission à distance.

En réalité, leur position est tout à fait semblable à celle des cinéastes du muet, qui niaient les rapports du cinéma avec l'art dramatique et prétendaient faire du cinéma « pur », du « cinéma-cinéma ». Il est aujourd'hui impossible de juger leurs chefs-d'œuvre qui ont totalement disparu.

La seconde catégorie des partisans du direct aime que le théâtre ou la télévision lui offrent le plaisir du cirque. Certes, personne n'est assez méchant pour souhaiter que le trapéziste tombe du cintre et se casse les reins : mais nous savons que l'accident est possible, et nous aimons à craindre pour lui; quand sa force et son adresse ont triomphé de nos craintes, nous applaudissons de tout cœur.

Ceux-là, devant l'écran du direct, ne songent pas à vivre avec le personnage, mais avec le comédien. Ils veulent partager ses émotions, admirer sa mémoire, ou craindre avec lui un « trou ».

Il me semble que ce petit plaisir ne vaut pas qu'on lui sacrifie la perfection et la longévité de la réalisation cinématographique.

Il est donc évidemment faux que la télévision soit réservée à une classe spéciale et rarissime d'auteurs et de réalisateurs, tandis que tous les autres, qui ne seraient pas venus au monde avec ce don mystérieux, seraient exclus du petit écran; mais il est exact qu'il existe un assez grand nombre d'œuvres dramatiques que la télévision ne peut exprimer pleinement, pour deux raisons évidentes.

La première, c'est la faible surface de son écran. Il est vain d'y présenter *Ben-Hur*, ou *La Charge de la brigade légère*, ou *L'Épopée de Verdun*, ou même la poursuite de la diligence par les Sioux. Il serait stupide de le lui reprocher, mais on peut le constater. Elle est condamnée au gros plan et au plan moyen.

La seconde raison est beaucoup plus importante : ce sont les conditions des représentations qu'elle nous donne.

C'est là qu'est la grande nouveauté : les représentations à domicile, sans public, car on ne peut parler de public au-dessous de cent spectateurs siégeant à une très faible distance de leurs voisins.

Dans un salon, et plus souvent dans une salle à manger, trois ou quatre personnes, parfois cinq ou six, sont réunies devant le petit écran. Elles forment une famille, il y a quelquefois un couple d'amis. En tout cas ces gens-là se ressemblent, et sont réunis par des liens d'affection ou d'amitié.

Il y a des verres sur la table, parfois des fruits ou des biscuits. Le grand-père, en pantoufles, fume sa pipe dans un fauteuil capitonné. Un petit garçon qui a refusé d'aller dormir est en pyjama. De temps à autre, on échange des impressions à haute voix : on n'est pas à la Comédie-Française, ni à la Porte-Saint-Martin : on est chez soi. La troupe est venue jouer pour la famille, dans la salle à manger, comme autrefois pour le roi de Bavière, dans son château.

Au théâtre, je suis assis dans une salle spécialement construite pour accueillir une foule. Il y a des ors et du rouge. Des lumières qui s'allument ou qui s'éteignent, des sonneries, une discipline presque militaire. Sans être en tenue de soirée, nous sommes tous vêtus correctement, avec une certaine recherche : nous sommes venus ce soir pour participer à une cérémonie. Devant le rideau rouge, nous attendons patiemment qu'elle commence : nous sommes le public.

Ici, je veux exposer, sans prétention aucune, une théorie qui est bien loin d'être démontrée : c'est pourquoi je dirai d'abord, modestement : « Tout se passe comme si... »

Donc, tout se passe comme si notre tête était entourée d'une aura épanouie en auréole. Ce n'est sans doute pas sans raison que l'Église et ses peintres en ont doté leurs saints. D'ailleurs, nous avons tous rencontré des personnes « rayonnantes », des femmes ou des hommes d'un « magnétisme exceptionnel ».

Cette énergie est variable, selon les individus, et selon leur état de santé, c'est-à-dire qu'elle va de la crise de colère à la dépression nerveuse.

Dans une foule, assise ou debout, il se produit une sorte de court-circuit général, qui modifie et transforme momentanément l'intelligence et la sensibilité des individus qui la composent.

Les grands orateurs politiques se sont toujours bien gardés de descendre dans la foule : c'est sans doute pour des raisons d'acoustique; mais aujourd'hui, avec un microphone et des haut-parleurs, il leur serait possible de s'installer au milieu de leurs auditeurs, et au même niveau qu'eux : mais dans ce cas, leur personnalité serait noyée dans celle de leurs voisins, ils ne seraient plus qu'une molécule dans ce corps provisoire : c'est pourquoi ils parlent du haut d'une estrade, ou d'un balcon, face à la foule, sur laquelle flotte un mystérieux nuage de forces. De temps à autre, comme Jupiter tonnant, ils lancent une étincelle, et l'orage éclate pour ou contre une idée, pour ou contre un homme.

Les discours des grands orateurs politiques qui déclenchèrent des révolutions perdent tout leur éclat quand on les lit, solitaire, sous un arbre, ou dans le silence du cabinet : on constate qu'il est plus facile de soulever l'enthousiasme d'une foule avec des mots, que de persuader un individu avec de très bonnes raisons.

Cette psychologie de la foule se manifeste pleinement au théâtre.

Il est remarquable que les « effets », c'est-à-dire les réactions du public, sont d'autant plus fréquents que la salle est mieux remplie. Dans tous les théâtres, il y a les « effets » du samedi soir.

D'autre part, les théâtres qui ont les succès les plus durables sont ceux où les sièges sont les plus rapprochés, comme l'Ambigu, les Variétés, le Gymnase, l'ancien Vaudeville, le Saint-Georges, la Michodière, l'Atelier.

En revanche, l'un des plus beaux théâtres du monde, le Grand Théâtre des Champs-Élysées, n'a jamais obtenu un succès durable avec une comédie ou un drame.

C'est qu'il est possible de passer entre deux rangées de fauteuils sans déranger les spectateurs qui sont assis, et que deux fauteuils du même rang sont séparés par un petit espace, qui suffit à rompre le contact.

Cependant, la salle convient admirablement aux concerts et aux ballets, qui obtiennent toujours un très grand succès. Il semble donc que le mélomane et le fervent de la danse n'aient pas besoin de la communion de leurs voisins. Il est d'ailleurs fréquent que le vrai mélomane ferme les yeux, comme pour s'isoler, afin de mieux entendre, et le plaisir de l'amateur de ballet ne dépend nullement du nombre de spectateurs présents.

J'irai plus loin : je crois que toute œuvre dramatique a ses dimensions propres, qui sont l'étendue de ses décors, le nombre des personnages, l'intensité des sentiments qu'elle met en jeu, et le nombre minimum (ou maximum) de spectateurs qu'exige sa représentation. *Œdipe roi*, joué par Mounet-Sully sous un ciel violet criblé d'étoiles, devant le mur millénaire d'Orange, en face de dix mille personnes dont l'émotion collaborait au chef-d'œuvre, était à sa place, devant son public. On ne peut espérer une représentation aussi grandiose sur le petit écran, devant quelques personnes qui boivent du café ou du whisky, et dont l'une vient de se lever pour aller répondre au téléphone.

Pourtant, si nous avons un très grand tragédien, si le réalisateur a su trouver le ton, s'il a su se servir des gros plans, le spectacle mérite d'être monté par la télévision.

Ce sera le plafond de la Chapelle Sixtine sur une page d'album – mais ce sont précisément ces pages qui ont propagé à travers le monde la beauté de ce plafond – et la télévision aura rempli son rôle, qui est de diffuser et de vulgariser les chefs-d'œuvre, même si elle ne peut pleinement les réaliser.

En revanche, je crois que *Bérénice*, bien loin de rien perdre sur le petit écran, y serait mieux à sa place que sur la scène, parce que tout le drame est sur les visages. Ce parfait chef-d'œuvre de Racine, cet admirable poème dramatique pourrait enfin être joué à mi-voix, en plans rapprochés, en gros plans, dans son véritable ton.

Il est donc impossible d'admettre que la télévision ait créé un art dramatique nouveau, réservé à des dramaturges privilégiés : en réalité, nous pouvons dire qu'un assez grand nombre de drames ou de comédies prennent un ton nouveau sur le petit écran;

elle nous révélera, même chez les classiques, des beautés ou des subtilités qui ne passaient pas la rampe, ou qui étaient perdues sur le grand écran et dans l'immense salle du Gaumont-Palace ou du Marignan; en revanche, les grands ouvrages dramatiques y sont à l'étroit, si bien que cet art nouveau n'a de nouveau que ses limites.

Voici maintenant le véritable direct.

Lorsque le théâtre, le cinéma ou la télévision nous présentent un ouvrage dramatique, nous savons que le dénouement est déjà dans le manuscrit, ou dans la dernière boîte de pellicule. Mais lorsque les avants de Mont-de-Marsan enfoncent la mêlée adverse, ou que le grand Albaladejo tente un drop, je partage l'enthousiasme ou l'angoisse de Roger Couderc; et lorsque la pouliche Altamira, montée par Yves Saint-Martin, remonte tout à coup le peloton et que la surprise fait bégayer le volubile Léon Zitrone, je suis surpris avec lui, je galope avec le jockey, je participe à une action inachevée, et dont j'ignore le dénouement.

Ces cameramen, ce speaker, ce monteur ne sont pas seulement des techniciens; ce sont des artistes, qui organisent et qui vivent un ouvrage dramatique, ouvrage qui serait différent s'il était réalisé par une autre équipe.

C'est là le vrai domaine de la télévision, c'est son chef-d'œuvre. Elle nous permettra un jour d'accompagner un explorateur à travers les forêts inconnues de l'Amérique du Sud, suivi d'une troupe d'hommes qui risquent leur vie, de nous promener sur les montagnes cendreuses de la Lune, de vérifier l'existence des canaux de la planète Mars, ou de traverser l'anneau de Saturne, tout en buvant frais, les pieds sous la table, avec quelques amis.

PRÉFACES
DIVERSES

1

JOFROI

(Préface à *Jofroi*)

LORSQUE j'eus fini de réaliser le film que j'avais tiré du *Gendre de Monsieur Poirier*, le directeur de notre distribution me dit qu'il était indispensable de réaliser ou d'acheter un complément de programme, c'est-à-dire un film de trente ou quarante minutes, pour le début du spectacle. Je décidai de le réaliser moi-même, mais il fallait tourner immédiatement, pour ne pas retarder la sortie du grand film.

Je fouillai mes dossiers et mes tiroirs, mais je n'y trouvai pas mon affaire, et j'étais assez inquiet lorsqu'un très beau livre de Jean Giono, *Solitude de la pitié*, me tomba sous la main. L'un des chapitres qui le composent racontait l'histoire de *Jofroi de la Maussan*. Je fus instantanément séduit par l'anecdote et par le personnage : je téléphonai à Jean, et je me mis au travail, le scénario et les dialogues furent terminés en quatre jours.

Je cherchai ensuite des acteurs.

Une grande vedette n'était pas indispensable, mais il me fallait cependant des comédiens capables de jouer avec un naturel parfait, et l'accent provençal – qui est inimitable, comme d'ailleurs tous les accents.

Le rôle de Jofroi était naturellement le pivot de l'histoire, mais je ne pouvais pas l'offrir à Raimu, car le film n'était qu'un court sujet.

Après deux jours de réflexion, j'appelai, dans mon bureau des studios, mes conseillers : le directeur des prises de vues, l'ingénieur du son, le chef de plateau, le directeur du laboratoire, mon photographe et trois machinistes.

Je leur annonçai que nous allions tourner *Jofroi*, que j'allais leur lire le manuscrit, et que je désirais avoir leur opinion sur le choix des acteurs.

Comme j'allais commencer la lecture, Vincent Scotto, qui était chez moi comme chez lui, entra sans frapper à la porte, et dit :

– Qu'est-ce que vous faites?

Je lui répondis : « Assieds-toi », et je commençai ma lecture.

Je dis sans modestie que j'obtins un joli succès. Je demandai alors :

– Qui peut jouer le rôle de Jofroi?

Chacun donna son avis. Vincent se taisait.

Je lui demandai :

– Et toi, Vincent, qu'est-ce que tu en penses? Qui peut jouer le rôle de Jofroi?

Il répondit simplement :

– Moi.

Et comme tout le monde souriait de cette plaisanterie, il se leva, et dit :

– Ne riez pas comme des imbéciles. Oui, moi je peux le jouer mieux que personne. Quand j'étais jeune, j'ai joué tous les rôles de *La Pastorale*, et j'avais un triomphe! Prête-moi un manuscrit jusqu'à demain et accorde-moi une audition!

– D'accord. Je vais convoquer Toinon pour jouer

Barbe. Robert – notre monteur – jouera Fonse, et je vous donnerai la réplique dans le notaire.

Le lendemain, à dix heures, je vis sortir du maquillage un vieux petit paysan à la moustache grise, vêtu d'un costume de velours marron, puis Toinon, que le maquilleur avait transformée en lui ajoutant quelques rides, un grain de beauté orné d'une grande virgule de poils gris et une barbe follette.

Nous répétâmes plusieurs fois la première scène dans mon bureau transformé en étude, et je fus surpris et charmé par le naturel et la justesse de ton de Vincent; je décidai de lui confier le rôle.

Vincent était un très agréable compagnon, tout plein d'idées originales et parfois singulières : il soutenait, par exemple, que la pesanteur n'était pas due à l'attraction de la terre, mais à la répulsion de l'univers.

Il était tout petit, avec un grand nez entre deux beaux yeux; ses cheveux et sa moustache étaient d'un noir brillant; je lui demandai un jour par quel miracle il n'avait pas un seul cheveu blanc. Il me répondit très sérieusement :

– J'ai un remède qui vient d'Italie. Quand tu en auras besoin, je te donnerai le secret. Fais bien attention : ce n'est pas une teinture. C'est un remède.

Je lui répondis :

– C'est un remède qui est peut-être un peu noir?

– Naturellement, dit-il, parce que c'est pour nourrir des cheveux noirs.

Ses amis n'ont jamais su son âge, qu'il prenait grand soin de dissimuler, mais un vieil instituteur me dit un jour : « J'ai exactement le même âge que votre ami Scotto. J'ai soixante et dix ans. »

Quelques jours plus tard, au hasard d'une conversation, le cher Vincent me dit :
– Mon pauvre ami, je me sens vieillir...
– Allons donc! Tu n'as pas changé depuis dix ans...
– Évidemment, ça ne se voit pas, mais je le sens... Tu le sentiras à ton tour, quand tu auras soixante ans... Oui, j'ai soixante ans depuis un mois!

Ces petits mensonges ne s'adressaient pas seulement à ses amis, mais à lui-même, et peut-être à la Mort.

Sa vie fut une longue suite de succès. Ce ne fut pas un grand compositeur d'orchestre, mais un merveilleux inventeur de thèmes et de mélodies; deux cents de ses chansons ont fait le tour du monde, et ses opérettes marseillaises ont fait dix fois le tour de la France, après des succès de plusieurs années à Paris.

Tout naturellement, ses réussites cent fois répétées avaient excité l'envie et la jalousie de compositeurs moins heureux, et l'on disait couramment qu'il faisait faire ses chansons par des « nègres ». Ce qui est regrettable, c'est que, depuis la mort du cher petit Vincent, aucun de ces nègres ne s'est manifesté en nous donnant une seule chanson comparable aux *Ponts de Paris*, ou à *Venise provençale*, ou à *J'ai deux amours*.

Nous sommes donc forcés d'en conclure que ses nègres sont morts avec lui, le même jour, et à la même heure.

En réalité, il inventait ses chansons sans prétention, sans recherche, et n'importe où.

Comme il venait souvent me rendre visite, j'avais apporté une guitare dans mon bureau, et elle l'attendait sur la bibliothèque. Il entrait soudain sans mot dire, muet comme un somnambule, allait prendre la guitare en se haussant sur la pointe des pieds, puis allait s'asseoir dans un coin, et jouait en sourdine, du bout de l'index, l'air qu'il venait d'inventer dans le taxi.

Il s'excusait ensuite, en disant :

– Si je n'avais pas noté cet air tout de suite je l'aurais oublié...

Il était très vieux lorsqu'il nous a quittés : pourtant, lorsque je pense à lui – et c'est souvent – il me semble que j'ai perdu un petit frère...

Je donnai le second rôle à Henri Poupon, dont je parlerai plus loin, et le troisième, celui de Tonin, à Charles Blavette, que Poupon me présenta dans un café.

C'était un fabricant de boîtes de conserve, propriétaire d'une belle petite usine, qui n'avait jamais joué la comédie, mais qui en avait une grande envie. Dès la première répétition, il nous surprit par son aisance, son naturel, sa sincérité. Je devais le reprendre dans *Angèle*, dans *Regain*, dans *La Femme du boulanger*, et Jean Renoir me l'emprunta pour lui confier le rôle principal de *Toni*. Il fit par la suite une assez belle carrière, malheureusement interrompue par une mort qui fut pour ses amis une bien pénible surprise.

Le film fut réalisé en quatre semaines, dans mon village de La Treille : ce fut vraiment une partie de plaisir.

Le public lui fit un accueil chaleureux.

Depuis trente-sept ans, il n'est pas tombé de l'écran, et la critique moderne considère qu'il fut le premier film et le modèle de l'école néo-réaliste italienne.

Vers 1956, un cinéma de Broadway le présenta à la

critique américaine sans avouer que *Jofroi* avait vingt-trois ans, et les critiques lui donnèrent le prix du meilleur film étranger de l'année.

La presse américaine fut triomphale, et célébra le talent d'un nouvel acteur français nommé Vincent Scotto. L'un des plus grands critiques alla jusqu'à écrire : « Il est surprenant que cet admirable comédien soit encore inconnu en Amérique. C'est le seul acteur vivant que l'on puisse comparer à Charlie Chaplin. »

Je dus lui traduire par écrit deux douzaines d'articles de ce genre. Il en fit tirer des copies à la ronéo, et il en avait toujours plusieurs dans sa poche, qu'il distribuait à ses amis. Je l'ai même vu en offrir un exemplaire au garçon du café napolitain qui nous servait l'apéritif.

Je suis sûr qu'il fut plus fier de ce triomphe que du succès mondial de ses chansons.

1933

2

L'AGNEAU DE LA NOËL

(Préface à *Angèle*)

Dans les studios de Marseille, entre les deux guerres, un metteur en scène avait réalisé un film de court métrage, qui portait à l'écran la *Pastorale provençale*. Cette Pastorale est un très ancien « mystère », joué chaque année par des comédiens amateurs, mais c'est un mystère très joyeux. Il ne représente pas la Passion et la mort du Sauveur; il célèbre sa naissance au son des cloches de Noël.

Comme il arrive toujours à la fin d'un film, les régisseurs avaient abandonné sur les plateaux quelques épaves : de grands chapeaux ronds de bergers, une auréole, les couronnes des Rois mages, quelques barbes et un agneau.

C'était l'agneau que le berger porte sur son cou, en tenant deux pattes dans chaque main, pour l'offrir à l'enfant Jésus. Ce tendre et fragile animal avait parfaitement joué son rôle, et il avait bêlé de façon pathétique en voyant le bébé de six mois qui représentait Notre-Seigneur.

On le trouva un matin sur le grand plateau désert, dormant dans une corbeille. L'accessoiriste, charmé, l'emporta au laboratoire et le confia aux jeunes femmes qui surveillent les développeuses. Ces filles de la nuit avaient le cœur tendre. D'une bouteille de révélateur, convenablement rincée, elles firent un biberon; puis elles préparèrent un nid dans un grand panier, sur un lit de pellicules dont les boucles élastiques composaient un sensible sommier, et l'établirent près de l'armoire de séchage. La salle était maintenue, par un thermostat, à 19° et demi, et les tuyaux d'aération n'admettaient que de l'air filtré.

Ainsi la première enfance de cette bestiole fut entourée d'un luxe que bien peu d'enfants riches ont connu.

Quoique stupide, cet agneau avait le cœur bon : ses grands yeux bleus disaient clairement son amour et sa reconnaissance enfantine; ses mères virginales l'adoraient.

Mais un matin, un boucher parut dans la cour. Non, ce n'était pas un acteur. C'était un vrai boucher. Il était grand, les épaules larges, la nuque charnue, les dents fortes, les yeux petits. Ses lourdes mains rougeâtres, on voyait bien que c'était de la viande et des os; et, sur son tablier d'un blanc grisâtre, il y avait des traînées de sang.

Il fit quatre pas sous les platanes, mit ses poings énormes sur ses hanches taurines, et cria :

– Il n'y a personne?

A travers les ronrons des développeuses, les filles de la pellicule entendirent cette voix d'ogre. Elles sortirent par trois portes, et la plus sensible pleurait déjà.

– Où est mon agneau? dit le boucher.

Elles ne répondirent pas, mais elles reculèrent en se tordant les mains. Il cria plus fort :

– Où est mon agneau?

Je sortis de la salle de montage et, avec une

tranquille vaillance, je marchai vers le barbare. Je le regardai d'abord de haut en bas, puis de bas en haut, et, l'œil noir de soupçons, je demandai :
– Quel agneau?
Il répliqua gaillardement :
– Celui que j'ai loué pour le film. Je l'ai loué vingt francs pour vingt jours. Voilà le papier. Les vingt jours sont passés. Le film est fini. Alors, je veux mon agneau.
Devant la loi des hommes, il était dans son droit.
– Qu'allez-vous en faire?
Il passa rapidement son index sur sa gorge, et ne dit rien d'autre que « Vzitt ».
J'entendis un sanglot, puis les filles de la pellicule s'enfuirent, éperdues. Je parlementai :
– Non, dis-je, non. Vous n'allez pas tuer un acteur. Ignorez-vous que cet agneau va bêler dans mille haut-parleurs, et que sa toison candide éclairera tous les écrans du monde?
La brute éclata de rire, un rire stupide. Puis il dit bêtement :
– Aujourd'hui, c'est vendredi, et j'ai pris des commandes pour dimanche. Alors, j'ai compté sur lui. Il faut que je le débite demain. C'est mon métier. C'est le sien. Où est-il?
On entendit, au dernier étage du laboratoire, une galopade sur un escalier de bois, puis un bêlement regrettable : les filles emportaient l'agneau vers les combles.
Je dis avec force :
– Plutôt que de vous rendre cet agneau, ses mères vous arracheront les yeux.
– Je voudrais voir ça, dit le boucher.
Alors, le petit Léon, dont la logique est impeccable, répliqua :

— Si ça ne se fait pas, vous ne le verrez pas. Et si ça réussit, avec quoi le verrez-vous?

Pendant que le boucher réfléchissait fortement en nous regardant tour à tour, je repris mon argument.

Je lui avais parlé de tous les écrans du monde; je compris que, pour mettre l'idée à la mesure de ce meurtrier, il fallait la localiser.

— Écoutez-moi. Vous allez tous les dimanches au cinéma de Castellane?

— Voui, dit-il.

— Eh bien, dimanche prochain, vous y verrez cet agneau sans tache lécher la menotte du Sauveur. Comme il a regardé l'objectif, son image regardera le public, et il vous bêlera en pleine figure. Est-ce que vous pourrez supporter le regard et le cri d'amour de votre victime?

Il répliqua joyeusement :

— Ça me fera plutôt rigoler de penser qu'il est mort et qu'il bêle encore très bien.

Charles Pons, qui venait d'arriver, ne put retenir son indignation, qui est d'ailleurs continuelle :

— Je me lèverai, dit-il, je vous montrerai du doigt, et je dirai à la foule : « Voilà l'homme qui a égorgé cet animal-star. »

— Et moi, dit le boucher, je me lèverai, je montrerai du doigt la foule, et je vous dirai : « Voilà les sauvages qui l'ont dévoré! »

Alors, le petit Léon attaqua sous un autre angle :

— Mon cher ami, dit-il, il faut tout de même vous dire, sans vous offenser, que vous faites un métier infâme. Songez que, pendant que vous aiguiserez votre couteau, cet agneau pourrait vous dire : « Brute sanguinaire, de quel droit vas-tu égorger une créature innocente, une créature de Dieu, qui est, de plus, un mammifère comme toi? » Il pourrait vous dire aussi...

— Ma foi! s'écria le boucher, il n'aurait pas besoin de parler si longtemps. Qu'il me dise seulement deux mots : je le soigne comme mon fils, et j'achète une baraque de foire.

Je regardai avec mépris ce monnayeur de miracles.

— Eh bien, puisque vous ne pensez qu'à l'argent, je vous rachète cette vie. Combien en voulez-vous?

Je vis que, dans sa compacte cervelle, il faisait un calcul horrible, et qu'il traduisait en kilos, puis en francs et centimes, les gigots, les côtelettes, les rognons, le foie et les tripes de l'innocence. Nous attendîmes deux minutes, car il n'estimait pas seulement l'agneau.

— Puisque c'est un acteur, dit-il enfin, et puisque ce monsieur croit qu'il pourrait parler, ça fera cent francs.

Charles Pons allait encore s'indigner, mais je le calmai d'un geste. Puis je pris dans mon portefeuille un billet tout neuf. La main criminelle l'ensanglanta aussitôt, avant de le cacher dans la poche abdominale de son tablier. Enfin, le boucher ôta poliment sa casquette et dit :

— Si vous en voulez d'autres au même prix...

Nous ne l'écoutions plus. Accompagnés de cris de joie et de petits rires nerveux, les bêlements redescendaient vers nous.

Il y eut le soir même un cocktail autour de l'agneau.

Le petit Léon suggéra soudain :

— Maintenant qu'il est à nous, il faut le baptiser, autrement on ne sait pas comment lui parler!

Alors s'éleva la voix de Pendule, roi du travelling,

homme sage et de bon conseil. Quand il ouvre la bouche, c'est pour boire un pastis, ou pour émettre une vérité; Pendule dit :
— Il faut l'appeler Bœuf.
Après un moment de stupeur, je demandai :
— Pourquoi?
— Pour qu'il « se croie » un peu, dit Pendule. Ça lui donnera de l'importance. Ça lui fera beaucoup de bien.
Cette idée était si extravagante qu'elle fut adoptée à l'unanimité.

L'éducation de Bœuf fut difficile. Au lendemain de son baptême, il avala systématiquement les tétines de son biberon. Les nourrices inquiètes les attendirent à la sortie, mais on ne les revit jamais.
Un beau matin, on le surprit broutant la pellicule de sa couche. Les vierges gardiennes estimèrent qu'il en avait consommé trente mètres – un « générique » tout entier.
Clément, chef des laboratoires, appelé en consultation à son chevet, nous apprit que cette nourriture pesait sept grammes au mètre; que le support (du nitrate de cellulose) n'était peut-être pas un poison, et que la gélatine était un aliment profitable, même pour un herbivore, mais qu'il faisait toutes réserves sur le bromure d'argent.
Ce diagnostic me fit craindre une issue fatale. Mais au lieu de mourir, notre Bœuf rongea l'osier du panier, puis, pour la première fois, il refusa gaillardement son biberon et, en quatre gambades, il s'évada du gynécée.
Tout frétillant de la queue, il rejoignit la troupe des machinistes, qui lui firent un grand accueil et l'adoptèrent définitivement.
Alors commença sa vraie vie de technicien.

Il s'installa dans la menuiserie, près de la grande raboteuse, sur un lit de copeaux frisés, qui lui servaient aussi de petit déjeuner. Le toupilleur, qui l'avait pris en amitié, disait : « C'est intelligent, ces bêtes. Il n'aime pas les copeaux de bois dur et les résineux, ça le dégoûte. Mais pour le peuplier, il ferait des folies! »

L'après-midi, Bœuf visitait les salles de montage, et, après quelques amitiés, il chipait une ou deux feuilles de script, qu'il allait manger dans le couloir. Puis, errant à travers les bureaux, sous la grêle des machines à écrire, il broutait l'envers des chaises de paille, mâchonnait une gomme ou faisait son régal d'un mégot froid. Enfin, on entendait parfois, dans les salles obscures du négatif, un juron suivi d'une chute, puis un bêlement indigné. Un chimiste, dans la nuit qu'il avait crue déserte, venait de s'effondrer sur Bœuf qui buvait sans bruit l'eau de rinçage, parfumée d'hydroquinone, d'hyposulfite ou de méthol.

Certains jours, il partait en promenade dans les rues du quartier, sous l'œil amical de l'agent de police; il saluait au passage notre facteur, qui est devenu notre célèbre peintre Ambrogiani. Il renversait les poubelles afin de choisir ses aliments préférés : des épluchures de pommes de terre, un chapeau de paille, un vieux gant. Puis, écartant les chiens à coups de tête, il allait, flânant, jusqu'au bar de Fabien. Là, le patron, charmé, lui offrait l'apéritif. Au milieu d'un demi-cercle de connaisseurs, Bœuf, debout, deux pattes sur le zinc, lapait longuement son vermouth; et, quand il rentrait au bercail, il faisait, le long du trottoir, de petits sauts d'alcoolique en égrenant son chapelet.

Ce régime étrange me fit concevoir une grande inquiétude. Je fis part de mes craintes à deux médecins de mes amis : l'un devait être un jour professeur de chirurgie à l'École de Médecine, et l'autre ignorait encore qu'il serait plus tard président du Conseil de l'Ordre.

Mes déclarations concernant le régime de Bœuf furent confirmées par plusieurs témoins. Mais ces deux savants – j'en ai honte pour eux – se réfugièrent dans une attitude négative et ne dirent rien d'autre que : « Vous vous moquez de nous. » Paroles peu scientifiques, mais que prononcent les hommes de science dès qu'on leur présente un fait qui n'a pas sa place dans leurs théories.

Malgré cette condamnation implicite de son régime, Bœuf « profita » insolemment. A huit mois, c'était un vrai bélier, avec grande et belle promesse de cornes, et Pendule disait parfois :

– Si on pouvait lui donner de l'herbe, ça deviendrait un mérinos.

Un matin, dans la rue, devant les studios, il y avait une caravane de camions, camionnettes, remorques, voitures. Nous partions pour les collines, nous allions tourner *Regain*.

Tout le monde était là, et même, sur l'impériale du camion de son, Bœuf, qui bêlait, entouré de câbles électriques et de projecteurs.

A cause du fracas des moteurs, le chauffeur Bébert mit ses mains en porte-voix, et cria : « Il va voir de l'herbe!... » Ce serait en effet une confrontation intéressante. Pour le moment, il léchait la peinture fraîche du travelling.

Après deux heures de route, nous arrivâmes dans le massif d'Allauch, devant une ferme perdue, que les cartes d'état-major appellent « ferme d'Angèle », parce que c'est là que le film avait été réalisé.

La bâtisse était en ruine, et la meilleure partie du

toit était tombée sur le plafond du rez-de-chaussée. Nous devions réparer ce désastre avant la nuit, pour installer notre dortoir. Mais, avant de penser au confort, on décida de célébrer une petite cérémonie : la présentation de Bœuf à l'herbe du Bon Dieu.

Pendant qu'on le descendait de son toit, Pendule le sage nous avertit :

— Il va falloir le surveiller comme ceux du radeau de « la *Méduse* ». ENTENTION qu'il n'en mange pas trop. Ces bêtes-là, ça éclate facilement.

Devant la ferme s'étendait une vaste prairie, née en huit jours des pluies automnales. On y porta Bœuf, on l'y déposa; en cercles autour de lui, nous attendîmes.

Il en avait jusqu'au ventre. Il flaira les tendres graminées qui frissonnaient à la brise du matin, puis le thym, puis la sauge, puis les juteuses boules rouges du succulent sainfoin.

— Ça l'émotionne, disait Bébert, qui était fort ému lui-même.

Mais tout à coup, Bœuf leva la tête, nous regarda avec une grande inquiétude et bêla désespérément. Puis, d'un élan irrésistible, il s'enfuit vers un tertre pelé, qui ne portait en son centre qu'un pin centenaire, et se mit à ronger cette dure écorce de bois.

Jamais, non, jamais il ne voulut brouter de l'herbe, ce qui prouve que l'éducation peut changer la nature des êtres. Il continua son régime, volant dans la cuisine des pêches, une savonnette, un œuf, une andouillette, mais, parce que son instinct était faussé, ce mouton dévoyé commit la plus grande erreur de sa vie.

Nous étions tous fort occupés à construire un village en ruine, au sommet de la colline du Saint-Esprit. Nous avions commencé par l'église, qui avait déjà fort bonne apparence, avec son clocher de dix-huit mètres, surmonté d'une croix de guingois à la pointe d'un toit crevé. Marius creusait artistement des lézardes dans les murs ventrus, tandis que Pendule, maniant la taloche, plaquait des îlots de crépi sur les pierres nues. Bœuf les regardait faire, et paraissait fort intéressé...

Enfin Pendule se mit à préparer une gâchée de plâtre liquide. Pour attendre la prise, il roula une cigarette, tout en faisant la conversation à Marius, qui était en haut d'une échelle. Ils discutaient tous deux les charmes de la « petite du bureau de tabac », lorsque Marius cria tout à coup : « Vé! Vé! » avec un regard horrifié... Pendule baissa les yeux : c'était trop tard. Bœuf venait d'avaler un litre de plâtre. Pendule se jeta sur lui, le saisit par les pieds de derrière, et se mit à le secouer comme s'il voulait vider un sac, et il disait :

– Bœuf, tu es fou! Bœuf, tu vas crever!

Cependant Marius pressait sur le ventre de Bœuf de toutes ses forces, et Bébert criait vers la ferme :

– Bœuf s'est bâti l'estomac! Apportez le couteau du jambon! Il faut l'opérer!

Hélas! tout fut inutile, et Bœuf suffoqua entre les bras de ses amis. Comme Léon le cuisinier apportait – trop tard – le couteau scalpel, un carrier piémontais proposa de le débiter sur-le-champ en côtelettes en faisant valoir que le plâtre n'avait pas gâté sa viande. Ce goinfre indécent fut vertement rabroué, avant d'être rossé par Pendule.

Bœuf fut enseveli le lendemain, au pied d'un olivier centenaire. On mit sur sa tombe une sorte de stèle qui portait ces mots : « Ci-gît Bœuf, décédé à l'âge de neuf mois. » Les filles du laboratoire vinrent un matin, dans la camionnette, pour arroser de larmes les fleurs du souvenir... Enfin, quelques semaines plus tard, dans le jour finissant, tandis que je travaillais à mes dialogues inachevés, j'entendis un chœur triste et tendre qui chantait dans le vallon. Je sortis, j'écoutai, et puis je vis un cercle de boy-scouts penchés sur la tombe de Bœuf, qu'ils avaient prise pour celle d'un enfant, et ils chantaient pour lui les psaumes de l'adieu.

Telle fut l'étrange carrière de Bœuf. Son naturel était aimable, son talent ne fut pas contesté et sa gloire prolongea sa grâce sur les écrans de la Noël : mais il n'a pas vécu dans son milieu, bicorne parmi les bicornes, beau brouteur de bleuets et de coquelicots. Mouton solitaire au milieu des hommes, il devint omnivore et boulimique, et sa voracité dépravée le fit périr la tête en bas, bien cruellement emplâtré.

Cependant, il n'a pas connu l'odeur épaisse des abattoirs, ni les bêlements des adieux (*Vous qui entrez, laissez toute espérance*), ni le couteau glacé qui tranche la veine, ni l'emphysémateux soufflet qui décolle la peau des aponévroses, ses côtes ne devinrent pas côtelettes, ses reins ne furent pas rognons, ses cuisses musclées restèrent cuisses, mais non pas gigots, et sa chair, qui ne fut jamais viande, n'a pas subi l'étouffante prison du four, ni la grésillante casserole, ni le flambant vertige de la broche... Il est mort tout entier, comme un enfant des hommes, et le chœur des boy-scouts, en cette soirée d'automne, a peut-être guidé la petite âme moutonnière jusqu'aux bercails du Paradis.

1953

3

L'HÔTEL D'HENRI POUPON

(Préface à *Merlusse*)

*M*ERLUSSE, film de court métrage, fut tourné pour la première fois en 1935, dans l'énorme bâtisse du vénérable lycée Thiers à Marseille.

Je l'écrivis sans grande ambition : il s'agissait de mettre à l'épreuve un nouvel appareil d'enregistrement du son, et il me parut raisonnable, pour cet essai, de réaliser une historiette de trente à quarante minutes plutôt que de risquer une « grande production ».

Bien m'en prit, car le son se révéla bientôt irréparablement bigophonique : cependant, je résolus d'aller jusqu'au bout de l'expérience, car j'étais enchanté par le jeu des petits comédiens et je voulais voir mon ouvrage sur l'écran avant de le recommencer, s'il en valait la peine.

L'expérience me sembla réussie en ce qui concernait l'histoire et l'interprétation : c'est pourquoi, après une mise au point satisfaisante du bigophone, nous réalisâmes une seconde version de *Merlusse*, avec l'immense avantage d'en avoir sous les yeux un brouillon.

Le rôle principal était joué par Henri Poupon, qui fut un personnage étonnant et un très grand comédien : il a été, dans *Angèle* et dans *Regain*, comparable à Raimu.

Henri était d'abord un « parolier », c'est-à-dire qu'il écrivait de petits poèmes dont un compositeur faisait des chansons.

Il en a écrit plus de cent vingt, dont une vingtaine furent célèbres comme : *C'est pareil, mais c'est pas la même chose, Tu n'as fait que passer, Sérénade à l'Inconnue, Elle est pratique, Je sais que vous êtes jolie*, et beaucoup d'autres qui obtinrent de brillants succès.

Dans ces moments de gloire, Henri était éblouissant. Deux grands yeux de velours sous un feutre noir lustré, un grand nez de condottiere, une cape bleu de nuit doublée de satin rouge : bien des passantes en ralentissaient leur marche et se demandaient visiblement qui était ce seigneur.

Un mois plus tard, sur les quais de Bandol, le seigneur, vêtu d'une chemise entrebâillée sur une fourrure noire et d'un pantalon de velours à côtes, jouait aux boules sur des espadrilles chevelues et sous un chapeau de paille qu'un mendiant n'eût pas ramassé. Il avait dépensé en quelques semaines des sommes considérables, d'abord pour payer d'anciennes dettes, puis en banquets, cadeaux et largesses, et se retirait dans sa ville natale pour y jouer aux boules et rêvasser pendant quelques semaines.

Parce qu'il avait honnêtement délégué ses droits d'auteur à ses créanciers, il ne recevait plus qu'un peu d'argent de poche, mais il avait un merveilleux ami, propriétaire d'un très plaisant hôtel sur le quai du petit port.

Au rez-de-chaussée s'ouvrait un café-restaurant,

dont la terrasse était bordée par d'antiques palmiers.

C'est là que je le trouvai un jour, commodément installé sur une chaise longue. L'hôtelier, assis comme un client, lisait un journal grand ouvert qui cachait son visage. C'était un matin de la fin juin; les premières estivantes passaient devant nous, sous les palmiers, la mer était bleue et brillante, on entendait le bourdonnement d'un hors-bord et une querelle de joueurs de boules. Henri, les sourcils froncés, parut de mauvaise humeur, et je m'en étonnai. Il me répondit sur un ton sarcastique.

— Mon cher, je viens encore de monter d'un étage. Maintenant, je suis au quatrième.

Ces paroles étaient mystérieuses, et d'autant plus qu'il les avait prononcées à haute voix, en regardant le journal grand ouvert, comme pour provoquer une réponse; mais le journal ne bougea pas. Il reprit alors :

— Je vais t'expliquer la technique de Monsieur. Entre novembre et mai, j'habite au PREMIER étage. Une chambre très grande, confortable, insonorisée, je dirai même une chambre luxueuse, où je me sens chez moi. C'est MA chambre. Or, le 15 mai dernier, un soir, à six heures, je vais dans MA chambre pour prendre ma douche. Je me déshabille complètement, j'entre dans ma salle de bains, et que vois-je? Un grand blond tout nu, debout dans ma baignoire, qui se frotte le dos avec une brosse qui avait un manche d'un mètre, et qui me dit quelque chose en anglais. Je cours au téléphone, et la réceptionniste me dit : « On ne vous a pas prévenu? Ce monsieur est lord Machin, le fils de l'ambassadeur. Vous, on vous a mis au second, au 14. » Tout simplement. Quinze jours après, Monsieur — ce monsieur qui se cache derrière *Le Petit Provençal* –, Monsieur me dit, en se

155

frottant les mains : « Le marquis de la Fregonnière est arrivé, alors je t'ai mis au troisième, au 24. Tu as une vue magnifique sur la mer. » Enfin, aujourd'hui, on m'a monté au quatrième pour laisser ma chambre – tu ne devineras jamais à qui – à un Allemand! Une brute gonflée de choucroute, très probablement un espion, qui serait bien mieux à sa place, couvert de chaînes, dans une cellule du fort Saint-Nicolas. S'il en arrive encore un autre, un pédéraste phtisique ou un roi nègre lépreux, je serai projeté à l'étage des chambres de bonnes. Ça m'est arrivé l'année dernière : une chambre si petite que, pour m'étirer le matin, il fallait ouvrir la fenêtre. Et tout ça pourquoi? Parce qu'en ce moment, je n'ai pas d'argent!

A ces mots, le journal tomba sur la table et l'hôtelier souriant déclara en toute simplicité :

– Eh oui! C'est pour ça! Et ce n'est que pour ça!

– Tu entends? s'écria Henri. Il l'avoue!

– Mais oui, je l'avoue! Parce qu'imagine-toi que, tous les mois, il vient ici un homme qui porte une casquette à visière vernie. Il va regarder les compteurs de gaz et d'électricité, et il avoue que la Compagnie va m'envoyer une facture! Et pour l'eau, c'est la même chose!... Et le personnel, le boucher, le boulanger, tout ça vient m'avouer, à la fin du mois, qu'il faut leur donner de l'argent! Alors, si je ne loue pas mes meilleures chambres pendant la saison à des gens qui me paient comptant, comment veux-tu que je me débrouille?

A ces mots, Henri, le menton pointé et les yeux mi-clos, répondit noblement :

– Tu me poses une question d'hôtelier, et je ne suis pas hôtelier. Je suis un artiste et un créateur – et je te prie de reconnaître que je t'ai toujours payé.

– C'est la vérité.

— Et tu sais que je te paierai.
— J'en suis sûr! Mais quand?
— Dès que je le saurai je te le dirai. Il est évident qu'en ce moment...
— En ce moment, je ne te réclame rien!
— C'est vrai, mais, de temps en temps, tu me lances des regards avides et tu fais des allusions déplaisantes. Hier soir, quand j'ai invité les joueurs de boules à l'apéritif, tu as pris tout à coup un air contrarié, et tu es venu dire : « C'est moi qui l'offre. » Ce qui signifiait – en sous-entendu – « parce que je sais bien qu'il ne me le paiera pas! »

L'hôtelier se tourna vers moi.

— Voilà ce qu'il va imaginer! Et puis il ne vous dit pas tout : il parle de sa montée dans les étages, mais il ne parle pas de la descente! Il sera bientôt aux chambres de bonnes, ça c'est vrai. Mais vers le 1er septembre, il descendra au quatrième, vers le 10, au troisième, puis au second, puis au premier, où il restera tout l'hiver.

— C'est justement ça qui est humiliant... Je monte, puis je descends, puis je remonte, comme le petit bonhomme dans le bocal, comme un ludion. Voilà ce que je suis : le ludion de cet hôtel!

Pourtant Henri aurait pu faire une très belle carrière de comédien, s'il l'avait voulu.

Je reçus un jour, à Paris, la visite d'un important producteur qui me demanda de lui « prêter » Henri Poupon pour un grand film. Il ne m'appartenait nullement. Je compris qu'il s'était déclaré lié par un contrat d'exclusivité pour me confier la discussion de son engagement, et je ne le démentis pas.

Il s'agissait d'un film de long métrage, *Les Grands*, de Pierre Wolff. On lui offrait la première vedette homme, avec son nom au-dessus du titre, en lettres aussi grandes que celui de Gaby Morlay, qui le précédait. J'obtins pour lui cent mille francs, en 1935.

Dès que le producteur fut sorti de mon bureau, j'appelai Bandol au téléphone. Au premier appel l'hôtelier alla le chercher, puis revint me dire qu'il me rappellerait plus tard, parce qu'il tenait à finir une partie de boules qu'il menait par 12 à 7 devant un champion professionnel. Il ne me rappela qu'une heure plus tard, et m'accusa de lui avoir fait perdre la partie, parce qu'on l'avait « dérangé », ce qui avait déréglé son tir.

Je lui annonçai la grande nouvelle. En vedette Gaby Morlay et Henri Poupon, premier rôle masculin, au-dessus du titre, cent mille francs. Il poussa quatre fois une exclamation d'enthousiasme, puis me remercia avec une véritable émotion. Je lui annonçai que c'était le début d'une grande carrière, et il en riait de plaisir. Puis il me demanda :

– A quelle date le début du tournage ?
– Dans dix jours.
– Où ?
– A Paris. Je vais dicter ton contrat, que je t'enverrai ce soir, et j'avertis notre agence de Marseille pour qu'on retienne ton wagon-lit.
– Si vite que ça ?
– Bien sûr.

Il se tut un instant, puis après une petite hésitation, il dit :

– Écoute-moi bien. Je suis déjà au second étage. C'est te dire que les premiers « shorts » sont arrivés. A l'hôtel, il y a une nouvelle caissière, qui est ravissante, et je crois bien que j'ai de grandes chances de me l'approprier pour au moins deux mois. Et puis, je suis en grande forme pour les boules, et j'ai accepté de faire équipe avec Cabanis, l'ébéniste, et Naz de Cabre, pour le championnat de France à Nice. Comme second tireur, PERSONNE ne peut me remplacer... Alors demande à ce producteur s'il ne peut pas remettre ça au mois de septembre.

J'allais lui répondre par des injures, lorsqu'il hurla :

– Voui. J'arrive! Marcel! excuse-moi, on m'appelle. Parpelle veut tirer au bouchon, je suis sûr qu'il va le manquer, et ça serait une catastrophe. Excuse-moi.

Et il raccrocha.

Non, il n'a pas signé le contrat, il a refusé la chance qui était venue à sa rencontre. C'est Francen qui joua le rôle, et ce grand comédien y obtint un très beau succès personnel. Henri m'en parla plus tard avec sa générosité et sa modestie habituelles. Il me dit : « Tu vois comme j'ai bien fait de ne pas signer. Je n'aurais pas été capable de le jouer comme lui. »

Il a donc manqué une très brillante carrière de comédien, mais il n'a pas manqué sa vie. Aimé par tous ceux et toutes celles qui l'ont connu, il a vécu selon ses goûts, et ce fut un homme parfaitement heureux.

1935

4

CÉSAR ET LA BONNE VIEILLE

(Préface à *César*)

En 1935, je venais de tourner *Angèle* d'après l'admirable roman de Giono, *Un de Baumugnes*, et j'étais fort occupé par la construction de studios et l'installation d'un laboratoire, lorsque Léon Volterra m'avisa qu'il réservait le premier tour de la saison suivante pour la pièce *César*, qui devait être le troisième volet de mon ouvrage.

Malheureusement, sa brouille avec Raimu n'était pas encore oubliée; d'autre part, les comédiens qui m'avaient si admirablement servi dans les films tirés de *Marius* et de *Fanny* étaient tout à coup devenus des vedettes de cinéma; leurs salaires étant au moins dix fois supérieurs à ceux du théâtre, ils signaient volontiers les contrats qu'on leur proposait, et parfois six mois à l'avance; renseignements pris, j'en conclus qu'il ne serait pas possible de les réunir sur une scène pour plus de deux mois, et qu'il faudrait ensuite les remplacer par des doublures au fur et à mesure de leur départ.

Le chef de la distribution de nos films convoqua ses agents pour une conférence.

Elle fut courte et leur avis unanime : le film *César*

avec les créateurs des rôles valait, selon leur estimation, une dizaine de millions avant même que sa réalisation fût commencée; mais si la pièce de théâtre n'était pas jouée au moins trois cents fois, le film perdrait les deux tiers de sa valeur marchande. Or, l'absence de Raimu et les départs successifs des créateurs des autres rôles nous feraient courir un très grand risque : il valait donc mieux renoncer au théâtre, et réaliser immédiatement le film avec tous les acteurs de *Marius* et de *Fanny*, car la réalisation ne durerait que cinq ou six semaines, et n'exigerait pas la présence quotidienne de toute la troupe.

C'était la solution raisonnable; je ne pus que l'accepter et je décidai d'écrire *César* pour l'écran.

Les bureaux de Paris convoquèrent les comédiens, qui furent aussitôt engagés, pour une date un peu trop rapprochée à mon goût : mais à cause des contrats que plusieurs avaient déjà signés pour d'autres films, je n'avais qu'un mois pour rédiger mon ouvrage. Je pensais d'ailleurs que ce délai était largement suffisant. C'est Racine, je crois, qui a dit un jour : « Ma pièce est faite. Je n'ai plus qu'à l'écrire. » Malgré tout mon respect pour son génie, je suis persuadé que la pièce qu'il écrivit fut grandement différente de celle qu'il avait rêvée. A mesure qu'ils se précisent, les personnages se défendent, l'auteur ne les fait pas agir à sa fantaisie, il ne leur fait pas dire ce qu'il veut. Il m'est arrivé, comme à beaucoup de mes confrères, d'écrire une pièce pour une scène qu'il fallut couper au dernier moment. La véritable création est dans l'écriture, et je crois que l'on pourrait faire un roman ridicule en paraphrasant ligne par ligne *Madame Bovary*.

Je me mis donc à l'ouvrage avec une entière confiance, et je rédigeai sans peine les premières séquences du film; mais mon travail était sans cesse interrompu par le téléphone, les maçons, les charpentiers, les décorateurs, les accessoiristes, qui préparaient déjà la réalisation. Je m'aperçus bientôt que j'écrivais des scènes inutiles, que la démarche de l'action était incertaine, et que je ne savais plus où j'allais. J'étais profondément déçu et découragé, lorsque la Providence vint à mon aide, sous la forme de notre chef accessoiriste.

Les meubles, les tapis, la vaisselle, les tentures nous étaient fournis par les antiquaires ou les brocanteurs de Marseille, qui nous les louaient à des prix modiques et parfois même nous les prêtaient gratuitement, par pure amitié.
Le plus précieux de ces collaborateurs bénévoles était Mme Gaucherand. Elle avait, à la rue Fortia, tout près du Vieux-Port, un entrepôt immense, qui contenait tant de vieux meubles qu'il était difficile de se glisser entre eux.
Les accessoiristes, à qui je réclamais de vieux meubles provençaux, allèrent tout droit chez Mme Gaucherand. Elle leur fit le meilleur accueil, comme d'ordinaire. Après une longue revue à travers l'entrepôt, ils découvrirent, dans un coin sans lumière, une authentique salle à manger Louis-XV provençal.
Avant même d'avoir soufflé sur l'épaisse poussière, Henri (notre chef accessoiriste) en vit la beauté au premier coup d'œil, et prit une chaise dans chaque main.
– Ça vous intéresse? demanda Mme Gaucherand.
– C'est exactement ce qu'il nous faut. On va l'emporter tout de suite.
– Non, dit Mme Gaucherand. Je ne puis pas vous la prêter sans l'autorisation de ma sœur. Elle m'a

défendu de vous donner le moindre meuble si vous ne lui amenez pas ici M. Pagnol. Elle a quelque chose de très important à lui dire.

– Et quoi? Nous pouvons très bien faire la commission.

– Ça, ce n'est pas possible. Elle n'a pas voulu me dire, même à moi, de quoi il s'agit. C'est personnel.

– C'est une question d'argent?

– Certainement pas. L'argent, c'est moi qui m'en occupe. Elle veut le voir pour lui parler. Voilà tout ce que je sais.

– Elle est jolie, votre sœur?

– Elle est superbe pour son âge, mais elle a presque nonante ans. Alors, elle s'est mis cette idée dans la tête. Dites-lui que s'il vient, vous pourrez emporter gratis tout ce que vous voudrez.

– Bon, dit Henri. Je vous promets qu'il viendra si je lui montre cette pendule.

Il prit la longue boîte sous le bras, mais Mme Gaucherand s'y accrocha.

– Lâchez ça tout de suite, et allez lui dire que ma sœur l'attend!

Henri vint me résumer la chose à sa façon.

– Mme Gaucherand a une sœur qui est gaga, et qui veut vous dire un secret. Si vous n'y allez pas, elle ne veut plus rien nous prêter.

C'est pourquoi nous partîmes un matin avec deux camions, pour aller rendre visite à la sœur.

Mme Gaucherand, méfiante, exprima d'abord des doutes sur mon identité, et je dus lui montrer mon permis de conduire.

Alors, elle s'avança vers une large échelle de meunier, qui montait au premier étage; puis, les mains sur les hanches, elle cria:

– Ma sœur! Descendez! Il vous attend!

Alors, nous vîmes paraître, en haut de ce casse-gueule, des souliers noirs, puis une robe noire qui n'en finissait plus de s'allonger. Enfin, une très longue vieille dame parut et descendit lentement les marches de bois. Elle avait une collerette de dentelle noire et, au sommet du crâne, un chignon blanc pas plus gros qu'une mandarine.

– Où est-il, ma sœur? dit-elle.

– C'est celui-ci, ma sœur, dit Mme Gaucherand en me montrant du doigt.

– Merci, ma sœur, dit la vieille dame.

Elle acheva sa périlleuse descente et vint à moi.

– Tu es bien jeune, me dit-elle, mais je te reconnais par tes photographies (car elle disait « vous » à sa sœur, mais elle tutoyait tout le monde). Viens avec moi, et vous autres, laissez-nous tranquilles. Allez charger la salle à manger.

Elle se dirigea assez péniblement vers un très vieux fauteuil en tapisserie tout mangé par les mites et la poussière, et qui était logé contre le mur au fond d'un couloir bordé de meubles antiques. Elle prit place et me dit : « Assieds-toi » en me montrant une cathèdre dangereusement vermoulue. J'obéis.

– Voilà, me dit-elle. Tu vas penser que je suis un peu folle, et tu auras peut-être raison. Il faut te dire que j'ai presque nonante ans. Alors, à cet âge, on a des caprices, parce qu'il ne vous reste rien d'autre. Alors, voilà. J'ai vu jouer *Marius* au théâtre, quand j'étais plus jeune, il y a cinq ou six ans. Puis, je l'ai encore vu au cinéma. Après, j'ai vu *Fanny*. Et puis, chaque fois qu'on les a joués, j'y suis retournée. Cinq ou six fois. Ça me plaisait beaucoup. Je riais, je pleurais, j'étais contente. Seulement, il y a quelque chose qui me faisait de la peine : c'est qu'à la fin, ils ne se marient pas. Et même encore maintenant, ça me tire souci. Oui. Souvent quand je ne dors pas la nuit, je me demande : « Mais qu'est-ce qu'ils sont devenus? Et cet enfant, on ne lui a jamais dit que son vrai père c'était Marius? C'est vrai que maintenant il va avoir quatre ou cinq ans. Il est encore trop petit pour lui parler de ça... Et elle? Peut-être qu'elle lui écrit en cachette, à Marius? » Enfin bref, tout ça me tracasse. Heureusement, l'autre jour, Henri a dit à ma sœur que tu avais fait encore une pièce et que cette pièce nous raconterait la fin. Moi, j'en étais sûre. C'est pour ça que j'ai voulu te voir. Quand est-ce que ça sera fini, ce film?

– Dans cinq ou six mois, dis-je.

– Ça nous mène au milieu de l'hiver, dit la vieille dame. C'est bien ce que je craignais... Écoute, tu vas me comprendre. A mon âge, on vit au jour le jour, on n'est jamais bien sûr de finir sa semaine... Six mois, c'est beaucoup... Je ne peux pas attendre jusque-là... Alors, ta pièce, j'ai pensé que peut-être tu serais assez gentil pour me la raconter.

C'était justement ce que je ne pouvais pas faire. Je connaissais bien mes personnages, je voyais assez clairement les scènes principales, mais je n'arrivais pas à les organiser logiquement, dans ce mouvement continu, uniformément accéléré, qui fait tout l'intérêt d'une œuvre dramatique; mais il nous fallait cette salle à manger, et d'autre part la vieille dame était déjà si attentive et si naïvement émue que je ne pouvais pas reculer.

J'attaquai bravement mon histoire, elle me regardait intensément. A la moindre péripétie, elle joignait les mains et répétait à voix basse : « Mon Dieu! » Elle approuvait Panisse, elle blâmait Césariot, tout en disant : « Bien sûr, ça n'est pas gentil de sa part... Mais mets-toi un peu à sa place... » Le seul nom d'Escartefigue la faisait rire aux larmes, et elle voulut savoir s'il était toujours cocu, comme dans *Marius*. Mais elle avait peur, je ne sais pourquoi, de M. Brun. Elle disait : « Ah! celui-là, il est fort. Moi, je te le dis : c'est le plus fort de tous. »

C'est vers le milieu du scénario que j'en avais perdu le fil : mais je n'avais pas le droit d'en rester là. Alors, comme le grand-père qui invente un conte pour sa petite-fille, je lus la suite sur son visage : lorsque nous quittâmes la vieille dame, mon film était fait.

Huit jours plus tard, tout en débarquant de son camion les meubles du salon de Panisse, Henri me dit joyeusement : « Vous avez rudement bien fait de raconter *César* à la bonne vieille : elle est morte cette nuit. »

1936

5

LE BOULANGER AMABLE

(Préface à *La Femme du Boulanger*)

Dans un petit village perdu des collines, le boulanger s'appelait Amable. C'était un petit homme brun serviable, mais taciturne. Il n'avait pas de femme; une bonne vieille du voisinage venait chaque matin s'installer dans la boutique pour surveiller la vente du pain : car les clients se servaient eux-mêmes, après avoir marqué, sur une baguette de bois, autant d'entailles qu'ils avaient pris de pains.

Amable connaissait bien son métier, et il le faisait avec amour. A partir de minuit, la petite fenêtre du fournil brillait d'une lumière jaune, qui dessinait, sur les vitres sales, les dentelles d'une araignée morte. A partir de cinq heures, les grandes miches craquaient doucement en se refroidissant dans les corbeilles... Et le dimanche matin, sur la grande table, une montagne de croissants dorés éclairait toute la boutique.

De temps à autre, Amable descendait en ville, car la chair est forte, et c'est de là que vint tout le mal.

Un soir, deux jours après Noël, deux gendarmes débonnaires le ramenèrent au village; ils l'avaient trouvé endormi dans un fossé, auprès de sa voiture naufragée; il était horriblement ivre et, aux paysans accourus qui proposaient divers remèdes, il répondait en ricanant :

– La peau de mes fesses en sauce piquante!...

On le coucha, et les gendarmes le bordèrent dans son lit.

L'instituteur déclara que ce n'était qu'un accident – mais le lendemain, il n'y eut pas de pain avant midi.

Deux jours plus tard, le gérant du Cercle Républicain révéla qu'il avait bu quatre pastis et qu'il avait emporté la bouteille chez lui. Puis il acheta au Papet des Bouscarles une grande barrique de vin et un petit fût de marc, en disant qu'il allait faire des raisins à l'eau-de-vie. Mais il n'acheta pas de raisins, et ce fut le commencement du désastre...

Comme il n'avait plus la force de pétrir longtemps, les miches devinrent lourdes, plates, compactes. Parfois, blanchâtres et molles; d'autres fois, dures et brûlées... Enfin, une nuit, gorgé de pastis, il tomba dans son pétrin et s'y endormit.

On eut tout de même du pain. Il avait le goût de l'anis, et les enfants se régalèrent, mais l'instituteur et le curé, qui ne s'étaient jamais encore parlé, réunirent une conférence de notables qui décida qu'il fallait sauver Amable et surtout le pain quotidien.

On commença par les homélies du curé, soutenues par les démonstrations de l'instituteur. Ce laïc avait fait venir de Marseille des affiches de la Ligue antialcoolique : Foie d'un homme sain – Foie alcoolique; Pancréas normal – Pancréas alcoolique. Ces images étaient en couleurs. Couleurs tendres et appétissantes pour les organes vertueux; pour les autres, épouvantables.

Mais à la vue des foies en mie de pain rougeâtre

ou des pancréas en forme de topinambours, le farineux pochard éclatait de rire et courait à la barrique se tirer un grand verre de vin.

Cette ivresse continue agissait sur sa santé et le pauvre Amable se délabrait de jour en jour. L'œil étincelant, mais creux, la perruque en désordre, il pétrissait encore, il cuisait des pains en forme de pigeons volants ou de cochons. Un jour même, il fit toute une fournée obscène, si parfaitement réussie que M. le curé, armé d'un grand couteau, vint découper ces pains en tranches innocentes, avant de les laisser partir vers les tables de famille.

Le conseil municipal prit alors la décision d'employer les grands moyens.

Amable arrivait à la fin de ses provisions; les deux bistrots et le gérant du Cercle jurèrent de ne plus lui donner à boire, et ceux qui avaient du vin dans leur cave firent le même serment.

Le boulanger se fâcha tout rouge et menaça de fermer sa boutique pour toujours. On lui répondit : « Ça nous ferait grand plaisir, parce que, si tu pars, il viendra un autre boulanger! »

Le lendemain, de bonne heure, on l'entendit mettre en marche sa vieille cinq-chevaux Peugeot. L'instituteur s'approcha, poli : « Où allez-vous, Amable? » Pour toute réponse, il tourna si violemment la manivelle que l'antique tacot fit un bond vertical de vingt centimètres et se mit à pétarader éperdument. Dans un nuage de fumée et de poussière, au son de sa tressautante ferraille, le boulanger disparut.

Il était allé vers la ville, et les langues marchaient bon train. Tout le monde disait qu'il ne reviendrait pas.

Armandin (de Nathalie) partit avec la charrette et le mulet pour aller chercher du pain à Aubagne, et le maire, Célestin (des Baumettes), annonça qu'il allait écrire au préfet pour lui demander l'envoi d'une boulangerie militaire, en attendant l'arrivée du nouveau boulanger.

Vers six heures du soir – un beau soir d'été, il y avait une grande partie de boules sur la place – M. le curé et M. l'instituteur, réconciliés par l'inquiétude commune, jouaient ensemble contre le Boiteux des Durbec, et Martelette, le maçon, qui leur donnaient bien du fil à retordre. Mais pendant que Casimir mesurait un point, dans un grand silence attentif, on entendit une lointaine fusillade, puis on vit déboucher, au dernier lacet de la route, la voiture du boulanger.

On comprit tout de suite, aux zigzags du véhicule, qu'il était allé en ville pour faire le plein.

Comme il arrivait sur la place, le maire et le garde champêtre s'élancèrent à sa rencontre et lui intimèrent l'ordre de s'arrêter, pour éviter des accidents dans le village. Il répondit gravement : « La peau de mes fesses en sauce piquante! » et voulut forcer le barrage, mais quatre joyeux gaillards, soulevant aisément l'arrière du véhicule, l'immobilisèrent, pendant que le garde coupait le contact et que le boulanger criait : « Au voleur! »

On le tira de sa voiture, comme un escargot de sa coquille. M. le curé lui parlait avec une grande bonté.

– Mon ami, disait-il, il est absurde de supposer que M. le maire ait l'intention de vous voler quoi que ce soit!

– On te ramène chez toi, disait le maire, c'est pour te rendre service!

– Avouez, disait M. le curé, que vous n'êtes guère en état de diriger cette machine.

– La peau de mes fesses en sauce piquante! disait le boulanger.

– Voilà des paroles inutiles, disait M. le curé. Elles sont le produit d'un état maladif. Comment pouvez-vous, de gaieté de cœur, vous jeter constamment dans la maladie? Est-ce l'acte d'une créature raisonnable, d'une créature de Dieu?

– La peau de mes fesses en sauce piquante! disait fermement le boulanger.

Le cortège rejoignit la voiture que le garde avait amenée à la boulangerie. Amable repoussa ses soutiens, et, soulevant la bâche du véhicule, voulut en retirer deux caisses, qu'il n'eut pas la force de soulever.

Charitablement, le menuisier et le forgeron en prirent une chacun et les déposèrent sur le comptoir de la boulangerie. Mais quand la première toucha le marbre, on entendit un son cristallin, comme un tintement de bouteilles.

– Malheureux! s'écria M. le maire, il a rapporté deux caisses de vin! Emportez ça tout de suite!...

Mais le boulanger avait bondi comme un tigre et brandissait le coutelas qui sert à couper la tranche pour faire le poids. Les yeux exorbités, la bouche baveuse, il hurla :

– Le premier qui s'approche, je le crève!...

Tout le monde, discrètement, fit un pas en arrière.

– ... Et puis, qu'est-ce que vous faites dans ma boutique? Ici, je suis chez moi! Sortez, ou je fais un malheur!

Le garde, qui était pourtant courageux, et M. le curé, qui n'était pas pressé d'entrer en Paradis, furent les premiers dehors.

– Il est dans son droit, dit le garde. On n'y peut rien. Il est chez lui.

Le maire essaya de discuter. Mais le boulanger

173

agitait son coutelas de façon si menaçante qu'il fallut battre en retraite : tout le monde se retrouva dans la rue, tandis qu'Amable refermait à grand bruit les volets de son magasin.

Cependant, M. le curé, qui croyait à la puissance du Verbe, parlait toujours d'une voix forte. Il vantait les vertus de l'eau claire, la noblesse du travail, tandis que le maire haussait tristement les épaules et que l'instituteur, pris d'un fou rire inexplicable, poussait de petits cris et versait des larmes, en se tenant le ventre à deux mains.

Enfin on entendit, à travers la porte, la réponse du boulanger. Amable criait :

– Celui qui a dit que c'était du vin, c'est un imbécile, parce que le vin, je n'en sens plus le goût. J'ai apporté cinquante bouteilles! C'est du rhum, c'est de la fine, c'est de la gnole, c'est du tord-boyaux... c'est du marc, c'est de la blanche... c'est de l'alcool!...

La foule consternée se taisait. On entendit le « cloc » d'une bouteille qu'on débouche, puis des gémissements de volupté. Puis on n'entend plus rien.

– Et notre pain, dit tristement M. le curé.

– Pour notre pain, dit M. le maire, ce sera la peau de mes fesses à la sauce piquante!...

Le lendemain, la boutique resta fermée, mais on put voir, par la fenêtre ouverte, les exercices du boulanger : la nuque renversée, son bras levé tenant une bouteille dont le cul regardait le plafond, il pompait à grands coups de glotte le « rhum fantaisie », ou le kirsch frelaté à l'acide prussique.

Comme il buvait chaque fois qu'on le regardait et que ces libations étaient suivies d'un flot de paroles ordurières, le maire posta le garde devant la boulangerie pour chasser les enfants que passionnait ce guignol d'un nouveau genre, et qui ne voulaient plus aller à l'école.

L'après-midi, il se mit à chanter des chansons de régiment. En passant devant la fenêtre, les vieilles dévotes se bouchaient les oreilles, puis elles faisaient un signe de croix : ce geste pieux, en libérant un instant l'oreille droite, leur permettait d'attraper au vol quelques nouvelles de l'artilleur de Nancy ou du vénérable Père Dupanloup.

Ce soir-là, au Cercle, il y eut une réunion générale. On y fit des plans pour l'ouverture d'une nouvelle boulangerie, on reparla de M. le préfet.

— Mes amis, conclut le maire, je me charge de régler tout ça d'ici une quinzaine, mais pas avant, parce que les formalités, c'est toujours long. Pendant ce temps, il faudra que notre ami Justin continue à se dévouer. La mairie lui donnera une indemnité de dix francs par jour pour aller chercher notre pain à Aubagne.

— Jamais de la vie, dit Justin. Je l'ai fait quatre fois, mais j'en ai assez... D'abord, il y a six heures de route et par des chemins que vous connaissez. Ça crève ma mule. Et puis, mes amandes sont mûres, et il faut que j'aille les « acanner ». Moi, j'ai fait mon tour. A un autre!

— Il a raison, dit le maire. Heureusement, nous avons Baptistin.

Mais Baptistin ne voulut rien entendre, puis Clovis et Martial des Busines se récusèrent à leur tour. Le maire parla de réquisition et le ton commençait à monter, lorsque parut M. Salignac. C'était un retraité de la marine et on l'appelait le capitaine parce qu'il avait été barman pendant vingt ans à la Transat. Il avait une petite maison au village, et, au moment de la chasse, il venait y passer deux ou trois mois.

Comme on lui expliquait la catastrophe, il sourit d'un air supérieur :

– Je sais, dit-il. Je connais votre affaire, car le boulanger d'Aubagne m'en a parlé. Mais j'ai apporté ce qu'il faut.

Il tira de sa poche un petit paquet très bien ficelé.

– Voici, dit-il, un remède anglais qui guérit radicalement les ivrognes. Un lord, à qui un grand médecin l'avait ordonné, l'acheta à prix d'or. Puis, au moment de le prendre, il préféra m'en faire cadeau. Nous allons guérir notre boulanger avec le traitement d'un duc et pair.

M. Salignac déchira le papier et ouvrit la boîte. Autour d'un joli petit flacon, une notice explicative était enroulée. Par malheur, c'était de l'anglais. On courut chercher au presbytère le petit dictionnaire d'Elwall qui avait la forme et la taille d'un pavé. Puis, M. le curé, M. l'instituteur et M. Salignac mirent en commun leurs souvenirs du séminaire, de l'École normale et du Liberty-bar. Le résultat de leur décryptement fut tout à fait clair et précis, sauf deux ou trois mots très savants qu'ils purent traduire, mais sans en comprendre le sens. L'instituteur fut d'avis que ces mots ne faisaient là qu'une figuration honorifique et qu'il était inutile d'en tenir compte.

La servante de l'auberge savait gratter la mandoline. On lui mit cet instrument sous le bras droit, une bouteille de pernod sous le bras gauche; et elle partit dans la nuit et s'installa sur le banc de pierre, sous la fenêtre du boulanger.

Les paysans furent priés de s'enfermer chez eux afin de lui laisser le champ libre, tandis que l'état-major du village, caché derrière les troncs des platanes, surveillait l'opération.

La servante chanta *Sole mio* en italien, d'une voix dont la fraîcheur surprit tout le monde. Les deux premiers couplets ne firent aucun effet, si ce n'est sur M. le curé qui découvrit une soliste. Mais à la fin du troisième, sur une note longuement caressée, la fenêtre s'ouvrit et une sorte de Pierrot parut dans le clair de lune. Elle lui montra la bouteille de pastis qu'elle prétendit avoir volée à son patron. Le pochard, attendri, finit par descendre, un grand verre dans chaque main.

A deux pas était la fontaine. Ils y composèrent le breuvage magique : la fille réussit à verser dans le verre du pochard enamouré un bon trait du « remède ». Puis ils burent longuement, et tendrement. Puis la servante chanta une berceuse napolitaine, pendant que le boulanger pétrissait gaillardement son corsage. Il voulut ensuite pousser plus loin son avantage, et M. le curé avait déjà fait deux pas vers le presbytère, lorsque le boulanger se leva brusquement et regarda autour de lui, comme frappé de stupeur. Ses narines se pincèrent, son menton verdit, sa moustache trembla... Puis, avec un faible mugissement, il pivota sur lui-même et s'enfuit dans sa chambre en se tenant le ventre à deux mains.

La servante, assez fière de son exploit, mais un peu effrayée par la brutalité de son succès, se replia vers l'état-major, et, montrant la fiole à peu près vide, elle dit :

– Je lui en ai collé une bonne lampée.

– On vous avait dit cinquante gouttes, murmura l'instituteur.

– C'était pas facile de les compter, dit la servante.

177

Debout tous les trois sur le parapet pour se rapprocher du quinquet, M. le curé, M. Salignac et l'instituteur, gagnés par l'inquiétude, relurent encore une fois le traitement du lord, et s'aperçurent avec horreur que les doses étaient indiquées en « grains » et non en grammes...

— Voilà, dit l'instituteur, une conséquence de la stupidité des Anglais qui repoussent notre système métrique. Ils ont peut-être tué ce malheureux!

Le fossoyeur, qui était aussi sacristain, s'approcha de M. le curé et chuchota :

— Si j'allais chercher les Saintes Huiles?

Mais tout à coup, au premier étage, le boulanger ouvrit la fenêtre. Il était secoué par des spasmes si terribles que la fenêtre finit par le vomir lui-même et il tomba dans les bras du fossoyeur qui le laissa choir et courut se cacher, une main sur la bouche, derrière un platane.

Le forgeron et le menuisier ramassèrent Amable et le portèrent en courant à la fontaine. Là, ils le trempèrent dans l'eau glacée, « pour lui faire du bien ». L'instituteur et le curé l'arrachèrent à ces brutes serviables et rapportèrent vers la boulangerie un corps sans âme, à la face blême et qui, au milieu du parcours, parut revenir à la vie pour rendre son dernier soupir.

Quelqu'un monta dans la chambre par une échelle et descendit par l'intérieur de la maison pour ouvrir la boutique.

On mit le pauvre Amable dans son lit, préalablement refait par sa fidèle servante. Il était là, la tête enfoncée dans l'oreiller, ses narines pincées se dressaient vers le plafond. La fidèle servante balayait un monceau d'ordures.

M. l'instituteur, sur le réchaud à alcool, faisait des cataplasmes de farine de lin, M. le curé disait à voix basse des prières qui n'étaient pas encore celles des agonisants.

Amable fut soigné à « l'aigo boulido », qui est une sorte de tisane faite avec deux gousses d'ail bouillies dans de l'eau salée : il en but une quantité prodigieuse. Aux premières heures du matin, il ouvrit les yeux, et comme M. le curé lui demandait :

– Comment vous sentez-vous, maintenant ?

Il ébaucha un pâle sourire, et murmura :

– La peau de mes fesses à la sauce piquante...

Ce qui rassura tout le monde.

Lorsque l'instituteur et le curé, la mine défaite, se retirèrent au chant des coqs, la fidèle servante refusa de quitter son chevet.

Le lendemain, le gérant du Cercle vint aux nouvelles. La boutique était fermée, les persiennes closes.

Vers le soir, l'état-major se présenta, conduit par le capitaine, dont la responsabilité était gravement engagée.

Comme l'instituteur frappait aux volets avec son bâton, la fenêtre fut doucement entrebâillée, et le visage de la servante parut. Elle fit un petit sourire rassurant, mit un doigt sur ses lèvres et referma la persienne sans bruit.

Le surlendemain était un dimanche. Vers sept heures, Tonin amena sa mule à la fontaine. Pendant que la bête buvait gravement, il leva la tête. A la pointe de la cheminée du four, il vit comme un tremblement de l'air, puis une boule de fumée blanche, puis une longue volute bleue dont le vent du matin fit des guirlandes. Il reconnut l'odeur des fagots de pin et courut avertir tout le monde.

A midi, il y avait une vraie foule devant la boutique – au premier rang, les enfants. Tout ce monde parlait à voix basse, dans l'attente de l'événement.

C'est au second coup de midi que les volets s'ouvrirent brusquement. On vit Amable, en tenue blanche de mitron, les replier à droite, puis à gauche, dans leurs casiers. Il salua gauchement la compagnie, puis il fit entrer les enfants, que suivirent les grandes personnes. Sur la grande table du milieu, il y avait la montagne de croissants toute crénelée de brioches au sucre.
– Servez-vous, dit-il. Aujourd'hui, pour les enfants, c'est gratuit.

Mais ils n'osaient pas y toucher et ils regardaient en silence cet homme qu'ils ne connaissaient pas et qui était debout, les bras croisés, devant une muraille de pains : il y en avait jusqu'au plafond. Ces grosses miches, bien rangées, avaient l'air d'une fortification. Puis, au-dessous, les pains de fantaisie; il y avait des longs, des doubles, des pains à têtes, qui sont faits de deux boules craquantes réunies par une taille fine; il y avait des fougasses qui sont des espèces de grilles dorées, et de petites pompettes tendres pour le déjeuner du matin, avec un oignon et un anchois; sur le comptoir, les pains « recuits », bruns comme des bohémiens, parce qu'ils passent deux fois au four : ils sont légers comme des biscottes, et c'est une gentillesse du boulanger, pour l'estomac fragile des bonnes vieilles et les mouillettes de M. le curé.

Tandis qu'on faisait les comptes de ces richesses, Casimir, le gérant du Cercle, fendit la foule. Sa figure brillait de contentement, et il cria tout de suite :
– Boulanger, à midi j'ai les chasseurs : il m'en faut trente livres !

Alors, le boulanger lui dit :

– Casimir, ça, ce n'est plus mon rayon. Moi, le pain, je vous le ferai toujours, mais pour le peser et le vendre...

Il s'arrêta brusquement et devint tout rouge, sous sa poudre de farine.

Tout le monde regarda vers le comptoir. Et, derrière la grosse balance qui brillait comme deux soleils, on vit une belle femme. Sous des bandeaux d'un noir bleuté, des joues pleines et pâles, des dents lumineuses, de grands yeux mouillés de tendresse. Et comme Casimir, les yeux écarquillés, venait de reconnaître la servante, le boulanger toussa deux fois pour s'éclaircir la gorge. Enfin, d'une voix fière et forte, il dit :

– Adressez-vous à la Boulangère.

Ils se marièrent pour la fête des moissons, et ils furent heureux et considérés.

Jamais plus Amable ne but une goutte d'alcool. Et même le remède lui avait fait un effet si radical qu'il fallut déménager la cave de Papet, qui était juste en face, et que Casimir dut renoncer à servir le pastis du soir, à la terrasse, parce que, pendant la partie de pétanque, l'odeur de l'anis déréglait le tir du boulanger.

Mais il ne sut jamais qu'il devait son bonheur à l'insouciance d'un vieux lord, qui est sans doute mort de *delirium tremens*. En effet, la veille des noces, la boulangère vint attendre l'instituteur devant l'école.

– Il ne faudra jamais lui dire qu'on lui a donné ce remède. Ça lui ferait beaucoup de peine... Lui, il croit que ce qui l'a guéri... (elle baissa les yeux), c'est l'Amour.

– Il a raison, dit l'instituteur.

J'avais l'intention de tourner cette histoire, lorsqu'un jour, dans la N.R.F., je trouvai quelques pages de Giono, qui s'intitulaient « La Femme du boulanger ». J'étais dans un train qui venait de Belgique; je lus trois fois ces quinze pages, avec une admiration grandissante. C'était aussi l'histoire d'un boulanger de village : mais ce n'était pas un pochard. C'était un pauvre homme habité par un grand amour et qui ne faisait plus de pain parce que sa femme était partie. La quête de la belle boulangère, par tous les hommes du village, c'était une Iliade rustique, un poème à la fois homérique et virgilien... Je décidai ce jour-là de renoncer à mon ivrogne guéri par l'amour et de réaliser le chef-d'œuvre de Jean Giono.

M.P., *1938*

6

SOUVENIRS DE REGAIN

(Préface à *Regain*)

Redortiers

REGAIN est l'un des plus beaux romans de Jean Giono. En 1934, j'avais déjà porté à l'écran un autre de ses ouvrages, *Un de Baumugnes*, sous le titre *Angèle*, et le grand succès du film avait révélé au grand public le talent de Fernandel et d'Orane Demazis. Je les engageai tous les deux pour jouer *Regain* et *Le Schpountz*.

On sait que l'action de *Regain* se déroule dans un village abandonné des Basses-Alpes. Je demandai à Giono si ce village existait réellement. Il me répondit que c'était Redortiers, près de Banon, déserté par tous ses habitants depuis de longues années. Nous partîmes un beau matin dans deux voitures qui transportaient le cameraman, l'homme du son, le décorateur, un photographe, Marius, notre maître maçon, Charley Pons, directeur des studios, et Bébert le mécanicien.

Les paysages des Basses-Alpes sont toujours beaux, mais souvent austères. La route étroite suivait le fond d'un vallon, entre deux chaînes de montagnes, et, comme un autre vallon traversait le nôtre, Bébert freina brusquement, et nous montra sur notre gauche, au fond de ce vallon, une haute colline en tronc de pyramide dont le sommet semblait couronné de ruines et d'arbres.

– C'est sûrement ça que nous cherchons, dit-il.

Il s'engagea dans une sorte de chemin de bûcherons, composé de deux ornières de part et d'autre d'une petite haie de cades et de romarins, qui se pliaient sous le capot de la voiture.

L'homme du son dit :

– Il sera bien difficile d'amener le camion jusque là-haut.

– Si tout le monde s'y met, dit Marius, nous pouvons arranger cette route en deux jours. Ce qui m'inquiète, c'est que je vois pas comment elle monte au village.

Nous arrivâmes au pied de la colline. Il fallut abandonner les voitures : le chemin muletier n'était plus assez large, il était encombré de genévriers et de cades, et il montait en lacets dont les virages étaient dangereusement serrés.

Nous commençâmes l'ascension de ce tortueux raidillon : en levant la tête, on voyait un spectacle tragique. Le sommet vers lequel nous montions était couronné de créneaux qui étaient les derniers pans de murs de maisons effondrées.

Nous débouchâmes sur la place du village, envahie par des kermès, des ronces sous des pins. Elle était entourée de maisons aux façades crevassées; le porche de l'église s'était abattu dans l'herbe, l'abside était tombée sur l'autel, derrière un gros figuier dont une branche avait traversé un vitrail. Il restait cependant une rue étroite jonchée de tuiles brisées et bordée de maisons, dont certaines étaient inexplicablement assez bien conservées, si ce n'est que leurs fenêtres n'avaient plus de volets ni de vitres. On avait aussi emporté presque toutes les portes. Dans une cuisine, sur une table vermoulue, il y avait un soulier de paysan, dur comme du bronze, et sur l'évier, les débris verdâtres d'une cruche cassée. Des hommes et des femmes avaient vécu là; ils avaient dansé sur la place du village, ils s'étaient aimés, ils avaient eu des enfants, puis, un jour, ils étaient partis, les uns après les autres, vers les villes que les jeunes avaient découvertes en faisant leur service militaire, ou vers le cimetière du village, et tout ce qui restait de leur dur labeur, c'était ces ruines pathétiques, ce cruel témoignage de l'émouvante faiblesse de l'homme qui passe comme une ombre rapide sur cette terre minérale, nourrisseuse obstinée de l'herbe éternelle.

Cependant Marius avait expertisé quelques maisons, et il nous conseilla de déjeuner dans une grande cuisine dont le plafond, à son avis, ne nous tomberait pas sur la tête.

Puis il dit :

– Il y a une cheminée qui tiendra le coup. Faites-moi du bois bien sec, deux plantes de thym bien vert, et une plante de romarin. Je vais tout préparer pour la grillade...

Les machinistes rapportèrent le bois demandé, et le photographe, qui était un homme du Nord, c'est-à-dire un Parisien fort serviable, revint avec le thym et le romarin; mais ce thym était une plante de rue, dont la seule odeur peut faire vomir un bélier, et il avait pris pour du romarin quelques branchettes de gratte-cul. Ces erreurs furent vite réparées.

Nous fîmes un excellent déjeuner de chasseurs, assis en rond sur le sol de la cuisine, et, selon notre usage, j'exposai à mes collaborateurs mes intentions.

– D'abord, dis-je, nous ne pouvons pas tourner ici pour plusieurs raisons. La première, c'est que notre film sera un film d'extérieurs, qui dureront au moins quatre ou cinq semaines. Il n'est pas possible de loger ici une vingtaine de personnes et de les nourrir. Il n'y a même pas une goutte d'eau, et je pense que l'abandon du village est dû à l'arrêt de la source qui le nourrissait.

« Deuxième raison : les prises de vues seraient bien difficiles à cause de l'étroitesse des rues, où le soleil ne plonge qu'une ou deux heures par jour.

« Troisième raison : pour éviter des accidents probables, il faudrait commencer par consolider ces ruines, et faire plus d'un kilomètre de route pour assurer le transport de l'eau et du ciment nécessaires.

Tout le monde fut de mon avis, mais Willy, notre cameraman, déclara :

– C'est bien dommage, parce que ces ruines sont très belles, et la couleur des pierres ferait une photo admirable...

– Tu as raison, dis-je. Mais nous avons une solution : ces ruines, nous allons les reconstruire ailleurs.

– Où donc? demanda le décorateur.

– A la ferme d'Angèle, sur la colline du Saint-Esprit, qui m'appartient, et qui domine un paysage aussi sauvage que celui que nous voyons ici.

– Combien ça va coûter? dit le décorateur.

– Ce sera cher, mais beaucoup moins que si nous tournions ici, parce que nous ferons le film en six semaines au lieu de dix ou douze.

– Pourquoi?

– Parce que nous serons à vingt minutes de nos studios de Marseille, où tu vas nous construire immédiatement trois ou quatre intérieurs. S'il pleut, nous redescendrons immédiatement, et nous n'aurons pas perdu la journée. Marius, est-ce que tu te charges de reconstruire une bonne partie de ces ruines?

— Bien sûr, dit Marius, mais il me faudra une vingtaine de maçons et autant de manœuvres, et, de plus, comme là-bas c'est tout de la roche, il me faut trois carriers et des kilos de gélignite.

— Tu les auras. Maintenant, mes enfants, il faut bien se dire que le temps ne travaille pas comme les décorateurs, et ses marques, que nous avons sous les yeux, sont si étranges et si mystérieuses qu'on ne peut pas les inventer. Donc, le photographe va faire le tour du village et prendre des clichés d'un grand nombre de détails. Des voûtes décrochées, des linteaux brisés, des murs bombés ou obliques, des crevasses inexplicables, puis l'arbre qui a poussé dans une écurie, qui a soulevé les tuiles, et dont la ramure recouvre presque tout le toit. Je veux aussi des clichés de l'herbe dans les rues, et des pariétaires accrochées aux murs.

— Il n'est guère possible de faire ça maintenant, dit le Parisien. La lumière n'est pas fameuse...

— On ne te demande pas des chefs-d'œuvre, mais des documents...

Le photographe, dont la sensibilité est très féminine, frémit sous l'outrage, et dit :

— Des documents? Dans ce cas, je vous préviens : je ne les signerai pas!

Charley gémit :

— Ne dis pas ça brutalement! Tu vas nous faire pleurer!

Aussitôt, trois machinistes couvrent leurs yeux à deux mains, et poussent des cris de désespoir.

J'interviens.

— La question est tranchée. Non seulement je l'autorise à ne pas les signer, mais je le lui interdis. Dans une heure, nous repartirons pour Marseille avec les documents. S'il ne veut pas les faire, nous le laisserons dans ces ruines, où il passera la nuit avec les hiboux. Au travail!

Nous déjeunions assez souvent dans un petit restaurant du Prado, à cent mètres du laboratoire. Le patron, c'était le gros Léon. Ce n'était pas un obèse; mais nous l'appelions le gros Léon pour le distinguer de mon assistant, qui était le petit Léon.

Au retour des collines, j'allai dîner chez le gros Léon; je lui fis part de nos projets, et je lui demandai de nous trouver un cuisinier.

– Combien serez-vous? dit-il.
– Une vingtaine à midi, une dizaine le soir.
– Le soir?
– Oui, car nous coucherons au dortoir.
– Bon. Dans ces conditions, je vais avec vous. Je monterai là-haut le matin, avec les provisions, et je redescendrai le soir.
– Mais votre restaurant?
– J'ai un aide-cuisinier très capable, et ma femme. Je comptais prendre un mois de vacances, parce que j'ai besoin d'air. Si vous mettez une voiture à ma disposition, je suis votre homme.

En rentrant au studio, j'annonçai à Bébert le mécanicien cette plaisante nouvelle, et je lui dis de mettre une voiture à la disposition du gros Léon.

– Ça, dit-il, ça sera peut-être difficile, parce que nous sommes un peu à court de voitures, surtout pendant la production. Je voulais vous en parler... Nous avons la Ballot, le fourgon, la grosse Renault, votre Citroën, celle de Charley, celle de Willy, le camion de son et au besoin la Peugeot du laboratoire. Pour être tranquilles, il nous en faudrait deux de plus...

À cette époque, une voiture neuve coûtait environ trente mille francs; mais, pour rouler sur les mauvaises routes des collines, il était sage d'acheter des voitures d'occasion.

J'allais envoyer Bébert faire le tour des garages du quartier, lorsque Charley sortit de son bureau, vint à nous, et me dit :

– Veux-tu acheter six taxis, des Citroën?
– Tu as entendu ce que nous disions?
– Non, dit Charley. C'est le garage de la rue Paradis qui me téléphonait. Il a ces six voitures d'une petite compagnie qui est en liquidation, et il en demande trente mille francs.
– Il va fort, dit Bébert. C'est le prix d'une voiture neuve.
– Oui, dit Charley, mais c'est trente mille francs pour les six, plus une septième en pièces détachées.
– Ça doit être des ruines, dit Bébert.
– Non, dit Charley. Ce ne sont pas les voitures qui sont en ruine. C'est la société. Si ça intéresse le patron, on va les voir.
– Allez-y tout de suite.

C'est ainsi que le Bon Dieu, qui fait souvent des gentillesses, m'envoya pour trente mille francs six voitures qui ont encore roulé pendant des années.

Charley

Mon assistant, à la direction de la production, c'est Charles Pons, plus connu sous le nom de Charley.

Il a été d'abord un enfant gâté, qui a fait ses études dans des pensionnats où il n'a pas appris grand-chose.

Pourtant, il sait tout faire.

Il a été professeur de danse dans les casinos, puis organisateur de « meetings » athlétiques, avec l'illustre Ladoumègue, le Jazy de cette époque; puis, au cinéma, directeur de courts métrages. Avec moi, il est régisseur général, chef de plateau, directeur des studios et comptable de la production, sans avoir jamais rien compris à la comptabilité, mais c'est lui qui tient nos comptes : il n'oublie rien, et ne se trompe jamais. Sa principale caractéristique, c'est qu'il crie presque continuellement, sans la moindre fatigue apparente.

La naissance d'Aubignane

Le lendemain matin, nous partîmes pour les collines, avec trois voitures et un fourgon, qui portait un grand fourneau, des chaises, de la vaisselle, toute une famille de casseroles, un tournebroche, et le gros Léon, qui venait installer sa cuisine.

La ferme d'Angèle était encore en assez bon état. Nous y laissâmes Léon et deux peintres des studios, tandis que nous montions à pied vers le sommet du Saint-Esprit. C'était un massif rocheux, qui avait la forme d'un énorme croiseur de bataille.

Marius le maçon n'avait pas voulu nous suivre : il montait vers le sommet en décrivant des lacets sous la pinède, pour établir le tracé de la route qui nous serait indispensable pour le transport des matériaux et des comédiens.

On se retrouva sur la crête.

Du haut de notre colline, on distinguait à peine Marseille, toujours couverte de fumées, mais on voyait briller au loin, comme une plaque d'étain, la mer.

De l'autre côté, le désert de l'Étoile, autour de trois pics solitaires : la Tête Rouge, le Taoumé, et Garlaban.

Marius avait apporté un décamètre, et trois petits pots de peinture noire, rouge et blanche, pour marquer sur la roche le tracé des rues, et l'emplacement des ruines. Il dirigea les opérations.

— D'abord, me dit-il, nous mettrons l'église à la pointe du bateau, juste au bord de la barre.

— Il y aura un clocher? dit Willy, d'un air inquiet.

— Bien sûr, dit Marius. Un clocher de douze ou quinze mètres.

— Je n'aime pas du tout ça, dit Willy.

— Pourquoi? Tu es franc-maçon?

— Non, dit Willy, mais l'ombre de ce clocher va nous empoisonner l'existence; si elle tombe précisément sur l'endroit où nous allons tourner, il faudra attendre deux heures pour qu'elle s'en éloigne.

— Pas du tout, dit Marius. Les rues du village seront orientées levant-couchant. Alors, à cinq ou six heures du matin, l'ombre du clocher tombera sur les rues, pendant que tu dormiras encore. Puis, à mesure que le soleil montera, l'ombre se raccourcira. Vers midi elle sera tout entière sur le toit de l'église, et l'après-midi elle tombera de l'autre côté de la colline, et tu ne sauras même pas que ce clocher a une ombre.

Willy, la boussole à la main, guida Marius pour le tracé des rues, que Charley précisait par des traits de peintures diverses sur de grosses pierres.

Je choisis ensuite l'emplacement des deux bâtisses encore habitées, c'est-à-dire la maison de Panturle, et la forge du vieux Gaubert. Pour la Mamèche, elle vivrait dans les ruines de l'église.

Nous redescendîmes vers la ferme par la pente la plus faible, et Marius y planta des jalons au passage, car il comptait commencer les travaux dès le lendemain.

Nous trouvâmes à la ferme une dizaine de maçons des villages voisins, que Marius avait convoqués; Charley installé dans la cuisine les appelait l'un après l'autre, et discutait longuement leurs prétentions.

Cependant, Marius, assis sur le parapet de la terrasse, regardait, pensif, les étages de roche du Saint-Esprit.

– Pour les maçons, me dit-il, ça ira tout seul. Je les connais tous. Ce sont des maçons de campagne, qui savent leur métier à fond. De plus, il y a deux plâtriers et un staffeur, qui vient de Marseille. Maintenant, je vais chercher deux ou trois carriers, parce qu'il y a beaucoup de roche, et c'est un calcaire très dur. Si nous avions encore Dovi, ce serait parfait.

– Il n'est plus au village?

– Non, il a pris sa retraite. Il habite à Saint-Marcel, dans une jolie villa...

– Donne son adresse à Charley. Je parie qu'il doit de temps en temps regretter sa barre à mines. Même s'il a un peu vieilli, il pourra toujours commander l'équipe, et diriger les mineurs.

Huit jours plus tard, une petite caravane de voitures quittait les studios : nous allions commencer les travaux, le 4 octobre 1936.

L'état-major s'installa dans la ferme remise à neuf.

Tous les matins, vers sept heures, les ouvriers arrivaient, sur des bicyclettes ou des motos, car Marius et ses hommes avaient grandement amélioré le chemin forestier, et ils montaient à pied vers le chantier. Nous montions derrière eux une hache sur l'épaule, ou la serpe en main; je cherchais des emplacements pour la caméra, j'abattais des arbres gênants, puis j'allais diriger le travail des carriers.

Dovi

Je le connaissais depuis longtemps, le grand Dovi.

Un soir d'été, avant la guerre de 1914, il y avait deux petits garçons qui posaient, dans la colline, des collets de laiton pour prendre des lapins. Ils savaient que c'était défendu, ils avaient conscience de leur crime, et le moindre bruit les faisait tressaillir. Soudain, on entendit, au fond d'un petit vallon, de grands coups sourds : comme si quelqu'un, avec une masse, frappait le rocher. Ils écoutèrent ce bruit sans frayeur : les gendarmes, en général, n'ont pas de masse. Puis, comme ils redescendaient, le crime accompli, vers la petite route muletière, les coups frappés devinrent plus sonores, et ils virent un homme très grand qui faisait tourner la lourde masse des carriers. Chaque fois qu'il détachait un morceau de roc, l'homme déposait la masse, et ramassait l'éclat de pierre. Il examinait attentivement la cassure. Il y frottait son doigt, puis il le flairait. Il avait l'air content. Les petits garçons s'approchèrent et virent, non loin de lui, une femme qui était assise entre une grande pince de carrier et une toile à sac nouée aux quatre coins. La femme était grande, puissante, et brune. Elle ne disait rien. Elle attendait, en mordillant la tige d'un œillet de poète.

L'homme regarda les petits garçons et les appela :

– Petit ! De qui c'est, questa collina ?

C'était un Piémontais.

Les petits braconniers ne soupçonnaient même pas l'existence du cadastre. Mais ils savaient que cet endroit s'appelait la colline de Vincent, et que M. Vincent, qui travaillait en ville, avait sa maison de campagne au village.

L'homme dit :

— J'arrive dal Piemonte. Je casse les pierres. On me dit Dovi. Je vais demander à Vincent. Merci.

Il partit à grands pas, vers le village, de l'autre côté du vallon. La femme restait assise, dans le crépuscule, entre les outils.

Cinq ans plus tard, il y avait, à cet endroit, une petite carrière toute blanche : au coucher du soleil, on voyait Dovi, debout sur la crête, qui soufflait dans un grand coquillage marin, et qui sonnait l'alarme aux quatre coins du soir. Puis il disparaissait dans un trou, et la carrière tirait ses mines.

Au bord de la petite route, il y avait un cabanon, avec un jardin potager, et devant la porte, deux gros bâtons verts plantés dans le sol. Encore cinq ans, et ce furent deux beaux platanes, qui faisaient une ombre bleue sur la terrasse d'une villa...

Lorsque Charley le retrouva, Dovi lui montra tout de suite sa carte de visite. Elle portait simplement, en toutes lettres : MONSIEUR DOVI.

Il expliqua aussitôt :

— Maintenant, je suis un MONSIEUR, parce que je ne travaille plus. Et puis, quand on se fait la carte de visite, c'est qu'on est un MONSIEUR. Mais pour faire ce que tu m'expliques, il me faudra au moins deux aides que je connais bien et qui sont jeunes.

— Tout à fait d'accord, dit Charley.

— Parce que maintenant, je n'ai plus la même force qu'il y a dix ans. Mais enfin, si c'est pour Marcel, je veux bien reprendre la massette et la pointerolle, mais pas trop tôt le matin, qué? Pas avant six heures, parce que j'ai pris les mauvaises habitudes!

Il fut, pendant les trois mois que dura la construction du village, le chef respecté des carriers.

Parfois, les jeunes – qui étaient des athlètes – frappaient à la volée, pendant plusieurs minutes, sur quelque bloc énorme qui envoyait les masses sonnantes vers le ciel, sans perdre seulement une miette...

Alors, Dovi, à pas lents, s'approchait. Il leur disait :

– Arrête!

Il regardait le bloc, il en faisait le tour, il le frappait légèrement avec la pointe d'un pic, puis il disait :

– Tournez la pierre de côté.

Les jeunes hommes prenaient les pinces; ce sont de longs leviers d'acier qui font des réponses de cloches. Ils enfonçaient le pied de biche sous le bloc, et le soulevaient, pendant que Dovi glissait des cales de plus en plus grosses. Tout à coup, il levait la main, et il examinait la roche; puis il montrait un point de la surface, et il disait :

– Frappe ici.

Le jeune frappait, le bloc s'effondrait.

Un jour je lui montrai un bloc de calcaire qui faisait presque un mètre cube, et je lui demandai de le faire sauter, car il barrait un étroit sentier par lequel Marius voulait faire passer la route.

Dovi regarda le rocher, et sourit.

– Ô pauvre pierre! dit-il avec mépris. Il n'y a pas besoin de mines. Dehors, elle brille, et elle semble dure. Mais dedans, c'est un livre.

– Pourquoi un livre?

– Regarde.

Avec le pic, sans frapper fort, il la débita en plaques de deux à trois centimètres d'épaisseur.

– Les pierres, dit-il sentencieusement, c'est pas à coups de masse qu'on les casse. C'est à coups de tête.

Un jour, Bébert vient me dire :

— Dovi, tous les soirs, cache deux petits sacs sous son oreiller. Ça doit être ses économies. S'il les porte tout le temps avec lui, il finira par les perdre. Et puis, ici, il y a une trentaine d'ouvriers que nous ne connaissons pas... Ses économies, il ferait mieux de les garder chez lui...

— Je vais lui en parler.

Le soir, au dortoir, je surveille la manœuvre de Dovi : il place sous son oreiller deux petits sacs ronds, de trente à quarante centimètres de longueur. Je l'appelle. Il s'approche de mon lit.

— Dovi, tu ferais mieux de laisser tes économies chez toi...

Il paraît très surpris, et dit :

— Kézéconomie?

— Ces deux petits sacs sous ton oreiller?

Il rit, et répond avec une sorte de pitié pour mon ignorance.

— Mais, voyons! C'est la dynamite, et les détonateurs!

Je crus qu'il plaisantait.

— Tu n'es quand même pas assez fou pour monter au dortoir de la dynamite?

— Au contraire, c'est la prudence! Si je laisse tout ça en bas, dans l'armoire qu'elle ferme pas à clef, il y en a ici qui se lèvent à six heures, qui se font cuire des saucisses pour déjeuner et qui rigolent, et qui se font des farces, enfin quoi qui ne sont pas bien sérieux, alors, la dynamite, je la quitte pas!

Plusieurs, en chemise, se sont approchés, assez inquiets.

Dovi ouvre l'un des sacs, en tire une cartouche, et la brandit.

— Tant que dedans, il n'y a pas le détonateur, ça ne risque rien! Regardez!

Ce disant, il mordait les cartouches, en frappait le fer de son lit, et finit par nous proposer d'en manger une sous nos yeux. Je ne pus le détourner de ce projet qu'en invoquant des raisons d'économie.

Quoiqu'il n'eût pas tort, je fis installer un petit coffre-fort dans mon bureau, et je lui en donnai la clef, et la peur que nous avions eue le fit rire plusieurs fois par jour pendant trois mois.

Mon ami Dovi ne lira pas cette page. Il vient de nous quitter, à plus de quatre-vingts ans, après une longue vie de travail, d'intelligence et de probité.

Il nous fallut près de trois mois pour construire le village en ruine. Ce furent les plus belles vacances de ma vie. Voici quelques notes que j'ai retrouvées dans un très vieux cahier d'écolier.

Pendule

Pendule n'est pas très grand, mais il est large et fort. Toujours de bonne humeur, il a été charpentier, maçon chômeur, puis un excellent machiniste de studio, mais ce n'est pas un grammairien.

Un soir, pendant le dîner, il dit à Charley :

– Il faudrait acheter un autre enclume, parce que celui que nous avons est trop petit. J'en connais un en ville : il n'est pas cher, et il est beau.

La tablée sourit, parce que Pendule croit qu'enclume est un mot masculin. Pourtant, presque tous disent « un vis »; mais ceux qui ne savent pas très bien le français rient volontiers des fautes des autres.

Charley, qui s'amuse comme un enfant, pose des questions à Pendule.

— Alors, d'après toi, notre enclume est trop petit?

— Beaucoup trop petit, dit Pendule. C'est un enclume de serrurier, ou, si tu veux, de ferronnier. Il a une jolie queue d'hirondelle, mais il est petit.

Les autres lui font répéter plusieurs fois que cet enclume est presque neuf, qu'il a un son magnifique, que c'est un enclume de forgeron et, chaque fois qu'il en parle au masculin, tout le monde rit, et Pendule dit tout à coup :

— Mais qu'est-ce que vous avez à rire comme des imbéciles?

Je sens qu'il va se fâcher.

— Ils rient parce que tu dis « un » enclume.

— Et comment il faut dire?

— Une enclume.

— Celle-là est forte. C'est féminin?

— Eh oui! C'est féminin.

Alors il ouvre ses gros yeux tout grands, et dit :

— Pourtant, c'est en fer!

— Oui, dit François, mais on tape dessus!

Charley veut prolonger la plaisanterie de l'enclume.

Le lendemain, pendant qu'il aide Pendule à décharger, au pied du treuil, un camion de plâtre et de ciment, il lui dit :

— Hier au soir le patron n'a pas été bien gentil avec toi.

— Pourquoi?

— Parce qu'il a voulu te faire croire qu'un enclume c'est féminin.

— Que ça soit féminin ou masculin, dit Pendule, je m'en fous totalement.

Mais le doute vient d'entrer en lui. Jamais plus il ne reparlera d'enclume.

Huit jours plus tard, un journaliste est arrivé de Paris. C'est un homme de *Cinémonde*. Il couche au dortoir, comme nous, entre Pendule et Charley.

Il est dix heures du soir. Il est assis sur son lit. Pendule est déjà couché. Il fume. Garzia et Dovi ronflent. Je relis, accoudé sur l'oreiller, le texte du film. On entend, sous le plancher, les injures d'une belote ordinaire et le démarreur du gros Léon qui met sa voiture en marche, dans le silence du vallon.

Le journaliste, qui prend des notes, demande amicalement :

– Pendule, ce n'est pas votre nom?

– Oh non! dit Pendule. C'est un surnom.

– Mais quelle est son origine?

– Parce que, quand je marche, je me balance comme une pendule.

Le journaliste sourit, et dit :

– Comme *un* pendule.

Pendule le regarde, et son œil lance un éclair.

– Oh dites! Vous ne croyez pas de venir de Paris pour me refaire le coup de l'enclume? Parlez à qui vous voudrez, mais moi, ne m'emmerdez plus.

Il jette son mégot, remonte son drap et s'endort.

Gaubert

Avant-hier, le gros Léon a fait un grand civet. On lui avait apporté six lapins vivants. Mais la casserole était trop petite, il n'en a tué que cinq. Le sixième se promène dans la cuisine, ronge des croûtons, et savoure les restes du « bouquet garni » qui parfuma la sauce où mitonnèrent ses amis. Je lui apporte du thym frais. Il l'accepte, et le prend délicatement.

– Si Henri m'en apporte quatre autres, dit le gros Léon, il y passera.

Mais il est si paisible, si affectueux, que je le prends sous ma protection, et je dis : « Non, il n'y passera pas », et je deviens pathétique.

– Léon, on va d'abord le baptiser : tu n'oseras jamais faire cuire un animal qui a un nom : on ne mange que les anonymes.

Parce qu'il a de grandes oreilles tristes, et qu'il est souvent pensif, nous le baptisons « Gaubert ». C'est le vieux forgeron de *Regain*, que joue l'admirable Delmont.

Gaubert devient de plus en plus familier, et presque spirituel. Souvent pendant le déjeuner, sous la table, il tire sur les lacets de nos espadrilles, qu'il dénoue habilement. Parfois l'après-midi, pendant que j'écris, il vient dormir sur mes genoux.

Il fait aussi des amitiés au gros Léon, qui le récompense par des épluchures, et les maçons, qui descendent chaque soir du chantier et qui viennent boire l'apéritif sur la terrasse avant de partir, lui apportent des herbes odorantes, si bien qu'il a les yeux brillants et le poil lustré. Le gros Léon lui parle, et il lui répond par des mouvements significatifs de ses longues oreilles, comme une sorte de petit sémaphore : il a franchi aisément le cap dangereux du civet suivant.

De plus, il est devenu l'ami des chiens, Duc et César, deux beaux chiens policiers, affectueux et féroces. César est une chienne, mais elle doit son nom au fait qu'elle est née pendant que nous tournions le film *César*. Elle a adopté Gaubert qui va dormir près d'elle dans sa niche; le gros Duc l'aime bien, lui aussi. Ils jouent tous les trois dans la cuisine. Pendant que le gros Léon attache de petits gilets de lard autour des grives, ils font de plaisantes parties de chasse sous la longue table. Quand Gaubert, épuisé, s'étend sur le dos, les yeux fermés, Duc le regarde avec curiosité, le flaire, et lèche tendrement ce petit museau noir qui frémit sans cesse.

Charley n'aime pas ces jeux. Il n'aime pas Gaubert, parce que Gaubert, qui aime les chiens, a peur de lui, et je sais pourquoi : c'est parce qu'un jour Charley a marché – sans le faire exprès – sur sa patte. Alors, quand les jeux avec le lapin commencent, Charley frappe les chiens à coups de bâton, et les jette dehors en criant de terribles menaces.

Un soir, je me fâche.
– Mon pauvre Charley, tu es grognon comme un vieux garçon. Ce lapin se méfie de toi, parce que tu as meurtri sa patte. Tu ne l'as pas fait exprès, mais lui ne le sait pas. Alors, pardonne-lui sa naïve rancune, et permets-lui de s'amuser avec ses amis!
– Moi, je te dis que ses amis sont trop gros pour lui, et qu'ils finiront par lui faire du mal. Et c'est parce que j'ai marché sur sa patte que je veux lui sauver la vie.
– Tu crois donc que les chiens vont le tuer?
– Peut-être, sans le faire exprès.
– Allons donc! J'ai remarqué qu'ils jouent avec lui avec une délicatesse que tu ne peux même pas soupçonner, parce qu'elle n'est pas dans ta nature. Gaubert est leur petit ami, et c'est lui qui va les provoquer parce qu'il s'ennuie, il souffre de sa solitude. Il les prend peut-être pour des lapins géants, et il a confiance en eux.
– Il a tort.
– Non, il ne peut pas se tromper : l'instinct des animaux est infaillible. Laisse-les donc jouer ensemble. C'est charmant, et ça leur fait du bien à tous les trois. Dans la vie tu n'es pas une brute, c'est

pourquoi je trouve vraiment bizarre que tu ne sois pas capable de comprendre et d'apprécier l'amitié de ces chiens pour ce lapin! Tu souffres d'une induration de la sensibilité. Par conséquent, laisse ces animaux tranquilles.

— Bon, dit Charley.

Il est vexé, et sort, en haussant les épaules.

Trois jours plus tard, à la nuit tombante, je reviens des studios où j'avais signé des chèques et des engagements d'acteurs. Dans la cuisine, je ne trouve que Léon, qui surveille une grande cocotte en fonte, et Charley, assis devant le feu de bois, qui fume sa pipe.

Je lui demande :

— Où sont les autres?

— Ils sont allés faire une virée à Aubagne, mais ils vont rentrer vers huit heures.

Je vais m'asseoir à table. Le gros Léon me sert un peu de whisky. Je regarde autour de moi. Il me manque quelque chose.

— Où est Gaubert?

Charley, sa pipe à la main, me répond gravement :

— Si c'est sa tête que tu veux voir, elle est sous la glacière; et ce petit pompon blanc, là, au bout de la table, c'est sa queue. Le reste est dans la cocotte de Léon...

Je suis furieux.

— C'est toi qui as excité les chiens?

— Pas du tout, dit Léon. Il était là-haut avec Marius, et j'étais seul. Les chiens jouaient avec le lapin, comme d'habitude. Et puis, la chienne l'a pris par la tête, le chien par les fesses, et ils ont tiré chacun de son côté... Moi, je leur tournais le dos, j'étais au fourneau. Quand je me suis retourné, le pauvre Gaubert était long d'un mètre. J'ai voulu le leur prendre, mais ils ont gardé chacun son bout. Alors, comme il n'était pas mort de maladie, mais d'accident, je l'ai pelé, et je l'ai mis en sauce, avec des olives noires. Ça sent très bon.

Je suis vexé. Charley me dit d'un air très sérieux :
— L'instinct, c'est toi qui l'as dit, c'est infaillible. Et puis, tu avais prévu que leurs jeux se perfectionneraient tous les jours – une fois de plus, tu avais raison – mais tu avais oublié l'instinct des chiens qui les a poussés, grâce à l'induration de leur sensibilité, à allonger le pauvre Gaubert jusqu'au point de rupture; moi, avec la même induration de ma sensibilité, j'avais parfaitement prévu que le pauvre Gaubert, qui était aussi intelligent qu'une andouille, finirait par en prendre la forme, avant de tomber dans la casserole de Léon.

Les équations de Léon

Un matin, en descendant du dortoir, je prends le petit déjeuner, avec Bébert, Pendule, Dovi, Charley, le petit Léon, Marius et René, qui viennent d'arriver. Ce petit déjeuner ne se compose pas de café, de croissants, ni de tartines de pain beurré. Il y a sur la longue table du jambon, des charcuteries, des côtelettes que chacun à son tour va griller sur la braise de pignes de pin, saupoudrée de temps à autre d'une poussière de thym bien sec, ou de sauge, ou de romarin. Ça dépend des goûts.

Tout en mastiquant, on parle. Je leur expose le plan de la journée. Le gros Léon n'est pas arrivé, il doit encore faire son marché.

Tout en parlant, je remarque, sur le mur blanc qui est en face de moi, à côté du fourneau, trois

ou quatre lignes de chiffres tracés avec du charbon.
– Qui a écrit ces chiffres sur ce mur?
– Ça doit être des comptes de Léon, dit Marius.
– Pas du tout, dit Bébert. C'est des calculs : il cherche des martingales, Léon.

Charley se lève.
– Les ouvriers arrivent. Au travail.

Ils sortent. Je vais regarder de plus près ces chiffres. Il ne s'agit certainement pas d'une martingale, ni de comptes de cuisine.

Tout justement Léon arrive, chargé de nourritures. Il jette sur la table cinq ou six poulets plumés et une grande plaque de lard.

Il me voit devant les chiffres, sourit, et me dit :
– Vous la connaissez?

Il l'a dit sur un ton qui signifie : « Il est impossible que vous ne la connaissiez pas. »

Je réponds :
– Non. Tout ce que je puis en dire, c'est qu'il s'agit sans doute d'une équation.

Le gros Léon est consterné par cet aveu. Et sur le ton d'une grande personne qui parle à un enfant :
– Mais, voyons! C'est l'équation de Laplace! On l'appelle aussi « équation de continuité »!

Il s'assoit devant la table, et, avec un long couteau flexible, il découpe de minces bandes de lard.
– D'ailleurs, dit-il, ce n'est que l'expression mathématique d'un phénomène physique bien connu.

A ce moment Bébert entre, ouvre le placard du vin, y prend deux bouteilles, puis il écoute Léon, qui continue :
– C'est l'équation de la mécanique des fluides. S'il n'y a pas de tourbillons dans le fluide – car nous supposerons d'abord qu'il s'agit d'un fluide – les trois vitesses composantes parallèles respectivement aux trois axes des coordonnées de toute molécule

liquide peuvent se calculer comme des dérivées partielles. C'est-à-dire que c'est une très jolie équation différentielle partielle.

Alors Bébert, une bouteille dans chaque main, dit avec une grande émotion.

– Ô Léon, redis-le pour moi! Fais-moi plaisir!

– D'accord, dit Léon, mais rends-moi d'abord ces deux bouteilles que les carriers ne m'ont pas demandées, et que tu vas siffler dans un coin avec François et Pendule!

– C'est bien possible, dit Bébert, mais tu n'as pas le droit de nous priver de toute molécule liquide qui va nous faire tant de bien au gosier!

Et il prend la fuite en ricanant.

Pour moi, je suis très étonné que notre cuisinier s'intéresse aux « équations différentielles partielles ».

– Dites-moi, Léon, où avez-vous appris les mathématiques supérieures?

– À la faculté. Avant la guerre de 14, j'étais professeur de mathématiques, puis officier d'artillerie. Après ma blessure, on m'a envoyé en convalescence à Marseille. La ville m'a plu. J'y suis resté, je m'y suis marié, et j'ai acheté ce petit bar-restaurant; alors de temps en temps, pour me distraire, je revois les belles formules qui me rappellent ma jeunesse...

L'oreille

Borel est un jeune manœuvre sympathique, et qui travaille volontiers. Aujourd'hui, il ébranche les quelques pins qu'il a fallu abattre pour le passage de la route.

J'aiguise longuement ma serpe et je vais l'aider.

Je vois tout de suite que son outil a grand besoin d'un affûtage. Je lui tends le mien.

– Donne-moi ta serpe, je vais te l'aiguiser.

Il est très fier de cet échange.

Il tâte légèrement le tranchant de la lame d'acier, et il dit, tout joyeux :

– Elle coupe comme un rasoir!

Il vise une branche de quatre ou cinq centimètres de diamètre, lance la serpe en arrière, et frappe. La branche est tranchée d'un seul coup.

Il sourit, et dit :

– Ça, c'est un plaisir!

Mais son visage change tout à coup d'expression, il ouvre de grands yeux, porte la main à son oreille droite, et ramène ses doigts ensanglantés : il s'est tranché l'oreille, qui est tombée sur une touffe de thym.

Je la ramasse, pendant qu'il applique son mouchoir sur la plaie, et pousse de petits gémissements; je le conduis en hâte à la ferme. Charley ouvre la boîte de pharmacie, et tamponne la blessure avec du coton stérilisé, tout en pleurant de rire, car j'ai toujours l'oreille à la main.

Je la lui tends. Il dit :

– C'est curieux à voir quand ce n'est plus sur une tronche.

Il plie le cartilage dans une gaze antiseptique, charge le blessé dans une voiture, et l'emporte à la Valentine où un habile médecin lui recoudra le pavillon.

Une invention

Un soir, au dortoir, je lis le journal dans mon lit. Charley, qui est mon voisin, réfléchit, les yeux grands ouverts.

Il me dit tout à coup :

— Sais-tu ce que nous pourrions faire? Une voiture électrique.
— Dans quel but?
— Dans le but de ne plus acheter d'essence : nous en consommons presque cent litres par jour.
— Mais cette électricité, il faudra la payer comme l'essence.
— Pas du tout! Il y aurait des frais de mise en route, évidemment, mais ensuite, plus RIEN.

Je sais qu'il ne connaît rien à la mécanique, ni à la physique, et qu'il va me proposer une absurdité.

— Dis-moi un peu ton idée.
— Eh bien, dit Charley, suppose un châssis de voiture sans moteur à essence.
— Bien. C'est réalisable.
— A la place de ce moteur, je mets un moteur électrique, et je le fais tourner avec une batterie d'accus.
— Bien. Il faudra sans doute plusieurs batteries.
— D'accord. On en mettra tant que tu voudras. Au départ, il faudra les charger : c'est ça les frais de mise en route.
— Bien. Mais ensuite?
— Ensuite, dit-il, mystérieux, ensuite, au-dessus du moteur électrique, je mets une dynamo assez forte, avec une poulie!
— Héhé! Le moteur, en tournant, fera tourner la dynamo?
— Tout juste. La dynamo rechargera les accus d'un côté, pendant qu'ils se déchargeront de l'autre, pour faire avancer la voiture! et on se promènera gratis. Tu as compris?
— A merveille... Mais ne crains-tu pas que cette dynamo ne fabrique trop de courant, et ne finisse par faire éclater les accus?
— Non, dit Charley. Si c'est bien étudié, ça ne

risque rien... Au besoin, on peut intercaler une résistance.

– Tu devrais me faire un dessin.

Il tire de sa poche un crayon et du papier.

Mais tout à coup, il se lève, court à la fenêtre ouverte, et hurle :

– Qu'est-ce que vous faites là-bas? Voulez-vous remettre ce marteau où vous l'avez pris? Cinq marteaux disparus en deux semaines! Qui êtes-vous?

Le voilà qui part en courant vers un gamin, qui lâche le marteau et s'enfuit.

Le lendemain soir, au dortoir, il me dit :

– Dis donc... La voiture électrique, celle que je t'ai dit, ça ne peut pas marcher.

– As-tu trouvé pour quelle raison?

– Bien sûr, dit-il. Si ça marchait, Citroën l'aurait déjà fait...

Arthur Honegger

Pendant la réalisation du film, nous vîmes arriver, un beau matin, Arthur Honegger, l'illustre compositeur.

Je lui avais demandé la musique de *Regain*.

D'ordinaire, lorsque le montage d'un film est terminé, on choisit un compositeur, devant qui l'on projette deux ou trois fois la copie de travail.

Il compose sa musique en trois ou quatre jours, on l'enregistre, et tout est fini.

Je demandai à Arthur de composer de la vraie musique, et de venir assister, pendant quelques jours, aux prises de vues. En effet, j'avais écrit d'importantes scènes muettes, qui se passaient dans les admirables paysages des collines, et je lui avais dit :

– Sur ces images il n'y aura pas de texte, et c'est ta musique qui parlera.

Il resta avec nous une quinzaine.

Avec une parfaite simplicité il se considéra comme faisant partie de la troupe. Il déjeunait joyeusement entre deux machinistes et participait à toutes nos opérations. Quand il fallait charger ou décharger des sacs de ciment, ou une lourde dynamo, Bébert faisait appel à lui.

– Ô Arthur, vous qui êtes fort, un coup de main, s'il vous plaît!

Alors Arthur quittait son veston, retroussait ses manches, et coltinait des sacs de cinquante kilos, ou ils portaient à deux une dynamo de trois cents livres.

Il suivait de très près le tournage, puis, à la fin d'une scène, il s'éloignait pensif, sous la pinède, en prenant des notes (c'est bien le cas de le dire) sur son petit carnet... Enfin, le soir, il s'enfermait dans son bureau, et il composait une musique qui se révéla admirable, et bien digne de l'œuvre de Giono. Je crois que c'est la seule musique de film qui ait été jouée par les grands orchestres classiques, et surtout en Allemagne, sous le titre *Regain-Symphonie*.

1937

L'ADIEU À RAIMU

On ne peut pas faire un discours sur la tombe d'un père, d'un frère ou d'un fils, tu étais pour moi les trois à la fois : je ne parlerai pas sur ta tombe.

D'ailleurs, je n'ai jamais su parler, et c'était Raimu qui parlait pour moi. Ta grande et pathétique voix s'est tue, et mon chagrin fait mon silence.

Devant Delmont, qui pleurait sans le savoir, Jean Gabin a croisé tes mains sur ta poitrine, j'ai pieusement noué le papillon de ta cravate et tous ceux de notre métier sont venus te saluer.

Longuement, nous avons médité devant cette lourde statue de toi-même. Nous avons découvert ce masque si noble que la vie nous avait caché.

Pour la première fois tu ne riais pas, tu ne criais pas, tu ne haussais pas tes larges épaules. Et pourtant, tu n'avais jamais tenu autant de place, et cette présence de marbre nous écrasait par ton absence.

Alors, nous avons su qui tu étais.

Des journalistes, des cinéastes, des comédiens arrivaient par dessus les frontières. Toi, qui n'étais que notre ami, nous avons vu tout à coup que ton génie faisait partie du patrimoine de la France, et que des étrangers, qui ne t'avaient jamais rencontré vivant, pleuraient de te voir mort. Tu prenais sous nos yeux ta place brusquement agrandie.

Et puis, il est venu des hommes qui ont enfermé dans un coffre énorme tant de rires, tant de colères, tant d'émotion, tant de gloire, tant de génie.

Par bonheur, il nous reste des films qui gardent ton reflet terrestre, le poids de ta démarche et l'orgue de ta voix... Ainsi, tu es mort, mais tu n'as pas disparu. Tu vas jouer ce soir dans trente salles, et des foules vont rire et pleurer : tu exerces toujours ton art, tu continues à faire ton métier, et je peux mesurer aujourd'hui la reconnaissance que nous devons à la lampe magique qui rallume les génies éteints, qui refait danser les danseuses mortes, et qui rend à notre tendresse le sourire des amis perdus.

Septembre 1946

TABLE

Cinématurgie de Paris 5

Préfaces diverses
  1. Jofroi 135
  2. L'agneau de la Noël 141
  3. L'hôtel d'Henri Poupon 153
  4. César et la bonne vieille 161
  5. Le boulanger Amable 169
  6. Souvenirs de Regain 183

L'adieu à Raimu 211

VIE DE MARCEL PAGNOL

Marcel Pagnol est né le 28 février 1895 à Aubagne.
Son père, Joseph, né en 1869, était instituteur, et sa mère, Augustine Lansot, née en 1873, couturière.
Ils se marièrent en 1889.
1898 : naissance du Petit Paul, son frère.
1902 : naissance de Germaine, sa sœur.
C'est en 1903 que Marcel passe ses premières vacances à La Treille, non loin d'Aubagne.
1904 : son père est nommé à Marseille, où la famille s'installe.
1909 : naissance de René, le « petit frère ».
1910 : décès d'Augustine.
Marcel fera toutes ses études secondaires à Marseille, au lycée Thiers. Il les terminera par une licence ès lettres (anglais) à l'Université d'Aix-en-Provence.
Avec quelques condisciples il a fondé *Fortunio*, revue littéraire qui deviendra *Les Cahiers du Sud*.
En 1915 il est nommé professeur adjoint à Tarascon.
Après avoir enseigné dans divers établissements scolaires à Pamiers puis Aix, il sera professeur adjoint et répétiteur d'externat à Marseille, de 1920 à 1922.
En 1923 il est nommé à Paris au lycée Condorcet.
Il écrit des pièces de théâtre : *Les Marchands de gloire* (avec Paul Nivoix), puis *Jazz* qui sera son premier succès (Monte-Carlo, puis Théâtre des Arts, Paris, 1926).

Mais c'est en 1928 avec la création de *Topaze* (Variétés) qu'il devient célèbre en quelques semaines et commence véritablement sa carrière d'auteur dramatique.

Presque aussitôt ce sera *Marius* (Théâtre de Paris, 1929), autre gros succès pour lequel il a fait, pour la première fois, appel à Raimu qui sera l'inoubliable César de la Trilogie.

Raimu restera jusqu'à sa mort (1946) son ami et comédien préféré.

1931 : Sir Alexander Korda tourne *Marius* en collaboration avec Marcel Pagnol. Pour Marcel Pagnol, ce premier film coïncide avec le début du cinéma parlant et celui de sa longue carrière cinématographique, qui se terminera en 1954 avec *Les Lettres de mon moulin*.

Il aura signé 21 films entre 1931 et 1954.

En 1945 il épouse Jacqueline Bouvier à qui il confiera plusieurs rôles et notamment celui de Manon des Sources (1952).

En 1946 il est élu à l'Académie française. La même année, naissance de son fils Frédéric.

En 1955 *Judas* est créé au Théâtre de Paris.

En 1956 *Fabien* aux Bouffes Parisiens.

En 1957 publication des deux premiers tomes des *Souvenirs d'enfance* : *La Gloire de mon père* et *Le Château de ma mère*.

En 1960 : troisième volume des *Souvenirs* : *Le Temps des secrets*.

En 1963 : *L'Eau des collines* composé de *Jean de Florette* et *Manon des Sources*.

Enfin en 1964 *Le Masque de fer*.

Le 18 avril 1974 Marcel Pagnol meurt à Paris.

En 1977, publication posthume du quatrième tome des *Souvenirs d'enfance* : *Le Temps des amours*.

BIBLIOGRAPHIE

1926. *Les Marchands de gloire*. En collaboration avec Paul Nivoix, Paris, L'Illustration.
1927. *Jazz*. Pièce en 4 actes, Paris, L'Illustration. Fasquelle, 1954.
1931. *Topaze*. Pièce en 4 actes, Paris, Fasquelle.
Marius. Pièce en 4 actes et 6 tableaux, Paris, Fasquelle.
1932. *Fanny*. Pièce en 3 actes et 4 tableaux, Paris, Fasquelle.
Pirouettes. Paris, Fasquelle (Bibliothèque Charpentier).
1933. *Jofroi*. Film de Marcel Pagnol d'après *Jofroi de la Maussan* de Jean Giono.
1935. *Merlusse*. Texte original préparé pour l'écran, Petite Illustration, Paris. Fasquelle, 1936.
1936. *Cigalon*. Paris, Fasquelle (précédé de *Merlusse*).
1937. *César*. Comédie en deux parties et dix tableaux, Paris, Fasquelle.
Regain. Film de Marcel Pagnol d'après le roman de Jean Giono (Collection « Les films qu'on peut lire »). Paris-Marseille, Marcel Pagnol.
1938. *La Femme du boulanger*. Film de Marcel Pagnol d'après un conte de Jean Giono, « Jean le bleu ». Paris-Marseille, Marcel Pagnol. Fasquelle, 1959.
Le Schpountz. Collection « Les films qu'on peut lire », Paris-Marseille, Marcel Pagnol. Fasquelle, 1959.
1941. *La Fille du puisatier*. Film, Paris, Fasquelle.

1946. *Le Premier Amour*. Paris, Editions de la Renaissance. Illustrations de Pierre Lafaux.
1947. *Notes sur le rire*. Paris, Nagel.
Discours de réception à l'Académie française, le 27 mars 1947. Paris, Fasquelle.
1948. *La Belle Meunière*. Scénario et dialogues sur des mélodies de Franz Schubert (Collection « Les maîtres du cinéma »), Paris, Editions Self.
1949. *Critique des critiques*. Paris, Nagel.
1953. *Angèle*. Paris, Fasquelle.
Manon des Sources. Production de Monte-Carlo.
1954. *Trois lettres de mon moulin*. Adaptation et dialogues du film d'après l'œuvre d'Alphonse Daudet, Paris, Flammarion.
1955. *Judas*. Pièce en 5 actes, Monte-Carlo, Pastorelly.
1956. *Fabien*. Comédie en 4 actes, Paris, Théâtre 2, avenue Matignon.
1957. *Souvenirs d'enfance*. Tome I : *La Gloire de mon père.* Tome II : *Le Château de ma mère.* Monte-Carlo, Pastorelly.
1959. *Discours de réception de Marcel Achard à l'Académie française et réponse de Marcel Pagnol,* 3 décembre 1959, Paris, Firmin Didot.
1960. *Souvenirs d'enfance*. Tome III : *Le Temps des secrets.* Monte-Carlo, Pastorelly.
1963. *L'Eau des collines*. Tome I : *Jean de Florette.* Tome II : *Manon des Sources*, Paris, Editions de Provence.
1964. *Le Masque de fer*. Paris, Editions de Provence.
1970. *La Prière aux étoiles, Catulle, Cinématurgie de Paris, Jofroi, Naïs*. Paris, Œuvres complètes, Club de l'Honnête Homme.
1973. *Le Secret du Masque de fer*. Paris, Editions de Provence.
1977. *Le Rosier de Madame Husson, Les Secrets de Dieu*. Paris, Œuvres complètes, Club de l'Honnête Homme.
1977. *Le Temps des amours*, souvenirs d'enfance, Paris, Julliard.
1981. *Confidences*. Paris, Julliard.
1984. *La Petite Fille aux yeux sombres*. Paris, Julliard.

Les œuvres de Marcel Pagnol sont publiées dans la collection de poche « Fortunio » aux éditions de Fallois.

Traductions

1947. William Shakespeare, *Hamlet*. Traduction et préface de Marcel Pagnol, Paris, Nagel.
1958. Virgile, *Les Bucoliques*. Traduction en vers et notes de Marcel Pagnol, Paris, Grasset.
1970. William Shakespeare, *Le Songe d'une nuit d'été*. Paris, Œuvres complètes, Club de l'Honnête Homme.

FILMOGRAPHIE

1931 – MARIUS (réalisation A. Korda-Pagnol).
1932 – TOPAZE (réalisation Louis Gasnier).
FANNY (réalisation Marc Allégret, supervisé par Marcel Pagnol).
1933 – JOFROI (d'après *Jofroi de la Maussan* : J. Giono).
1934 – ANGÈLE (d'après *Un de Baumugnes* : J. Giono).
1934 – L'ARTICLE 330 (d'après Courteline).
1935 – MERLUSSE.
CIGALON.
1936 – TOPAZE (deuxième version).
CÉSAR.
1937 – REGAIN (d'après J. Giono).
1937-1938 – LE SCHPOUNTZ.
1938 – LA FEMME DU BOULANGER (d'après J. Giono).
1940 – LA FILLE DU PUISATIER.
1941 – LA PRIÈRE AUX ÉTOILES (inachevé).
1945 – NAÏS (adaptation et dialogues d'après E. Zola, réalisation de Raymond Leboursier, supervisé par Marcel Pagnol).
1948 – LA BELLE MEUNIÈRE (couleur Roux Color).
1950 – LE ROSIER DE MADAME HUSSON (adaptation et dialogues d'après Guy de Maupassant, réalisation Jean Boyer).
1950 – TOPAZE (troisième version).
1952 – MANON DES SOURCES.

1953 – CARNAVAL (adaptation et dialogues d'après E. Mazaud, réalisation : Henri Verneuil).
1953-1954 – LES LETTRES DE MON MOULIN (d'après A. Daudet).
1967 – LE CURÉ DE CUCUGNAN (moyen métrage d'après A. Daudet).

IMPRIMÉ EN FRANCE PAR BRODARD ET TAUPIN
Usine de La Flèche (Sarthe), le 30-09-1991.
1753E-5 - N° d'Éditeur 116, dépôt légal : octobre 1991.

ÉDITIONS DE FALLOIS - 22, rue La Boétie - 75008 Paris
Tél. 42.66.91.95